Sabine Peters
Ein wahrer Apfel leuchtete am Himmelszelt

Sabine Peters

Ein wahrer Apfel leuchtete am Himmelszelt

Roman

WALLSTEIN VERLAG

… wie sich unser Sinn denn an alles, besonders in der Kindheit, gewöhnt …

Ludwig Tieck: Der blonde Eckbert, 1797

kindersprache

*wenn ich jetzt spreche wie ein kind
weiß ich garnicht ob ich jemand finde
der sich das anhören möchte*

*denn ich spreche ja jetzt nicht als kind
weil ich dazu schon viel zu alt bin*

*aber vielleicht ist es auch ganz egal
ob sich jemand das anhören möchte
wenn es mir nur eine freude macht*

*und ich dann weniger griesgrämig bin
bei den anderen*

Ernst Jandl: der gelbe hund, 1980

In Wirklichkeit waren es sieben Brüder

Anonym, 2020

Im Wasser

Es war einmal ein Boot im Meer.

Kinder saßen in der Wanne, Schwestern waren Seeleute.

Die Älteste saß als Kapitän am Heck des Bootes, beim Stöpsel und bei den Hähnen, sie hatte die Macht über Kälte, Wärme, Zufluss und Abfluss. Die Zweite saß vorn, nannte sich Steuermann und hielt nach Gefahren Ausschau. Sie wischte auch die Bugscheiben des Bootes und bewegte ihre Arme dabei gleichmäßig, als wären sie huldvolle Scheibenwischer an Vaters Auto.

Die beiden Älteren sangen das Lied vom geladenen Schiff, das Gottes Sohn trägt. Die Dritte war ein tatenloser Passagier auf dem beengten, billigen Platz in der Mitte. Doch der wurde zum Ehrenplatz, sobald der Schiffer seinen Auftritt hatte.

Bei dem gemeinsamen Baden trat er immer erst spät auf. Wenn eine der beiden großen Schwestern Schiffer wurde, durfte die Dritte an den Stöpsel oder wechselte zum Bug. Dabei schlängelten sich die Kinder als glitschige Wale geschickt aneinander vorbei. Sie bliesen große und laute Fontänen, sie pupsten Blasen.

Doch vor dem Schiffer-Auftritt gab es Anderes zu tun. Sie erschufen Schaum, der trieb auf dem Wasser, flog durch die Luft. Kleine Wolken wurden auf den Wannenrand erhoben. Dann stießen Schnäbel und Mäuler zu, saugten sie ein und spien sie wieder aus. Größere Schaummassen wurden im Wasser erstickt und tauchten unversehrt anderswo wieder auf. Schaum-Ungeheuer, hatte man eines besiegt, schon war es in anderer Gestalt wieder da. Die Kinder bliesen Schaum durch die Luft und schrien, wenn Sturm war. Es stürmte oft, dann drohten sie zu kentern, das Wasser war aufgewühlt, alles bäumte und bog sich. Sie selbst waren das Tosen. Oft schrie die Mutter von draußen: Wehe, wenn ich komme! Aber sie ließ den Töchtern Zeit. Sie kümmerte sich um ihr jüngstes Kind, das noch gefüttert und gewindelt wurde und das sie in einer Schüssel badete, bevor es eines Tages auch zur Bootsbesatzung kommen würde.

So war die Mutter nicht dabei, wenn die drei Älteren Vaters Gebot befolgten. Er hatte sie gelehrt, was er von einem Seemann wusste, Matrosen im Boot müssen schiffen. Denn das bekämpft die Pilze. Die Kinder wollten nicht wie tote Bäume pilzbewachsen sein. Ihre Eltern hatten ihnen das Leben geschenkt. Sie befolgten Vaters Gebot.

Jutta war der Kapitän, Barbara Steuermann, Marie der Passagier. Das Boot legte ab, sie schipperten los, schlugen Wellen.

Jutta als Älteste trug die Verantwortung. Barbara war der Meister der Reihenfolge, der nichts vergaß. Wenn sie sagte, heute ist Marie dran, war es ihr Tag als Schiffer. Die Mitte war jetzt der wichtigste Platz, sie saß dort feierlich wie Gott Sohn. Zu ihrer Rechten und Linken die armen Schächer. Es stand ihr frei, zwischen zwei heiligen Sätzen zu wählen: Der Schiffer steht, oder, der Schiffer sitzt. So war es Brauch. Marie donnerte: Der Schiffer sitzt, und Barbara und Jutta verneigten sich, auch das war Brauch. Fertig?, fragte Jutta, Meister der Handlung. Die Antwort musste man gemessen sagen: Fertig, sagte Marie majestätisch. Jutta und Barbara hielten sich die Ohren zu und tauchten, um unter Wasser mit aufgerissenen Augen zu sehen, ob die Dritte auch ein rechter Schiffer war. Mit brennenden Augen hielten sie durch. So lange, bis Marie ihr Wasser laufen ließ, ein Rinnsal, beinahe unsichtbar. Die beiden Schwestern tauchten schreiend auf. Die Dritte hatte das Gebot erfüllt. Sie hatten es gesehen und sie sagten, dass es gut war.

Damit Gerechtigkeit herrschte, musste der Schiffer danach die Taufe erdulden. Im Namen des Vaters, des Sohnes, des Geistes.

Auftritt des armen Täuflings und der beiden Täufer. Die beiden Älteren hoben Händeschalen voller Schaum und Wasser auf und gossen sie über Marie aus. Fertig?, fragte Jutta. Marie kniff die Nasenflügel und die Ohren zu, verneigte sich und sagte, fertig. Die Schwestern tauchten sie unter Wasser, wo alles ganz anders klang, wo auch die Zeit ganz anders verlief, wo einer nur warten konnte und beten, beten, endlich die Stimmen der Schwestern zu hören, wie sie langsam und feierlich sprachen, im Namen des Vaters, des Sohnes, des Geistes. Sie rissen Marie hoch an die Luft, und die schrie Amen, Amen, schrie aus Leibeskräften. So war es Brauch und Gebot. Das Schreien war lebensnotwendig, denn unter Wasser fehlte der Atem Gottes, der allen Menschen das Leben einblies. Der Gotteshauch schenkte das Menschenleben und er behütete es. Die Mutter sang davon, am Abend, wenn die vier Kinder schon in ihren Betten lagen. Man ahnte: Vorher, in der Wanne, stritten Gott und sein Widersacher, das war die Lebensgefahr. Man musste auf Gottes Hauch in sich selbst vertrauen, wenn man Täufling war, man musste schreien, wenn die Schwestern mit dem Beten fertig waren und man wieder leben durfte.

Die Eltern hörten vom Brauch des Taufens und verboten ihn. Dieser Brauch gehört ins Haus Gottes und nicht in die Wanne. Die Mutter sagte: Der Herr unser Gott sieht alles, auch wenn ich's nicht sehe. Ihr dürft nicht lügen, ihr dürft auch nicht taufen. Man kann dabei sterben. Ohne Luft erstickt der Mensch.

Die Kinder aber atmeten und regten sich, sie alle drei rutschten und glitschten und spritzten, sie lobten den Herrn auf seinem geladenen Schiff, den Vater, den Sohn und den Geist. Sie waren drei Schiffer, immer wieder von neuem getauft mit dem Wasser des Lebens.

In der Wüste

Im Garten lag ein Viereck, begrenzt von Eisenbahnbohlen, auf denen man saß, wenn man nicht stand, um alles im Blick zu haben. Vier Vaterschritte mal vier Vaterschritte Länge und Breite, ein großes Gebiet aus Sand für vier Töchter. Es lag unter dem Mirabellenbaum.

Die Kinder waren selten gemeinsam dort. Jutta und Barbara fanden sich schon zu groß, sie spielten mit den Nachbarsjungen Autorennen. Marie behauptete: Katrin ist noch zu klein für den Sand, sie kann nicht backen, nicht bauen, sie muss in der Küche bleiben.

Doch sie selbst war draußen. Es war im großen Garten eine kleine Wüste.

Wer sie betrat, der wurde verwandelt.

Es war ein kleiner Mensch in einer großen Wüste. Marie zog dort als Wanderer umher. Sie war mit ihren Freunden unterwegs, den hellen harten Mirabellenkernen. Es gab keinen Weg, nur Massen von Sand, die eine Gruppe wandernder Kerne leicht verschütten konnten. Die Kerne legten kaum Spuren. Sie keuchten unter der Wüstensonne. Sie verloren sich mitunter aus den Augen. Mancher Kern verschwand, um nie wieder das Licht des Tages zu sehen. Eine helfende Hand kam von oben, um die höchsten Berge zu ebnen. Die Hand hielt eine Schaufel und bahnte den Kernen Wege. Die Wanderer sollten nicht lebenslänglich durch die Wüste irren. Man musste sie verwandeln, um sie zu erlösen.

Alles war in Verwandlung begriffen. Ein verbotener Apfel machte weise. Wasser wurde zu Wein. Eine ungehorsame Frau erstarrte zur Säule aus Salz. Fünf Brote und zwei Fische machten fünftausend Männer satt. Eine Schlange wurde verurteilt, künftig auf dem Bauch zu kriechen. Der Menschensohn war ein Lamm, daher wurde Blutrotes weiß wie Wolle.

Marie wusste von diesen Dingen, denn in der Kirche gab es Geschichten und Lieder darüber, und die Eltern erzählten. Auch Mamatschi, Vaters Mutter, sprach oft von Geheimnissen, die seltsam waren, denn man sollte sie nicht bei sich behalten, sondern in alle Welt verbreiten. Schwerter konnten Flammen schlagen. Bei Lämmern lagerten Löwen. Es gab keine Wüste in einem Garten, sondern umgekehrt, einen Garten in einer leeren Wüste. Im Anfang war die Leere. Dann wurde ein Garten angelegt. Gott setzte die ersten Menschen hinein. Es gab auch viele Tiere, Bäume und einen Fluss.

Marie kam mit der Arbeit nur langsam nach. Es waren sieben Kinderschritte in Länge und Breite. Ihre Kerne stapften durch die Wüste, sie hatten zwar eine Straße, aber die führte ins Nichts. Die Kernleute kullerten einen Hang hinab, versuchten den Aufstieg auf einen nächsten Hügel mit Schwung und rutschten zurück. Marie beschwor ihre Männer, wir müssen den Garten erreichen, dort gibt es Wasser und Äpfel für alle. Der gemeinsame Zug wurde größer. Haselnüsse als Lämmer, auch Kamele und Löwen kamen dazu, später sogar zwei Autos. Ihre Namen: Onkelchen und Babel. Die Kerne waren nun Kinder. Marie schuf einen Garten aus Blättern und Gras, ließ es reichlich aus Wolken regnen. Da wurde ihr Garten zu Matsch. Er verschlammte, schwamm davon, versickerte. Sie sah, dass es schlecht war. Ein böser Apfel zischelte mit gespaltener Zunge. Ihre Kernleute in der Wüste drohten zu verzagen. Die Kinder weinten und schrien. Marie eilte zu ihnen und setzte alle auf einen Hügel, auf dem zu ihrer Freude Blumen Schatten spendeten. Da lachten alle und hielten Picknick. So konnte sie sich wieder dem Gartenbau widmen. Frisches Gras und neue Blätter. Stöckchen als mäandrierender Fluss. Sie gebot den Wolken, bedachtsam zu regnen. Ein wahrer Apfel leuchtete am Himmelszelt. Außerhalb des Gartens sorgte sie für glatte Wege und machte das Krumme gerade. Die Gruppe wanderte weiter. Es war ein langer Zug unterwegs durch die Wüste, ein Lkw war dazugestoßen, er trug die erschöpften Kerne und Greise. Onkelchen, Babel und Marie gingen vornweg, um den richtigen Weg zu finden. Zogen durch eine tiefe Schlucht, die über ihnen einstürzen wollte. Schon war der Weg versperrt, sie waren gefangen. Die Räder des Lkw wühlten vergeblich im Sand. Die Gruppe sollte lebendig begraben werden für all ihre Sünden. Die Leute fielen auf die Knie und beteten an. Es regnete Steine vom Himmel. Babel wurde zerstört. Da endlich hatte Marie ein Einsehen und machte alles wieder gut. Die Leute zogen hoffnungsvoll dahin, auch Babel war auferweckt worden. Der Weg war mit Blumenblättern bestreut. Ein guter Apfel ernährte alle, und sie tanzten zur Schalmei. Babel und Onkelchen lieferten sich ein Autorennen. Marie war Onkelchen. Babel war klar im Vorteil. Maries eines Vorderrad eierte, aber sie holte den Sieg. Doch neues unbekanntes Unheil drohte.

Mutter rief aus dem Küchenfenster, Mittagessen, Marie!

Die Gruppenleute durften sich nicht umdrehen. Sonst würden sie zu Salzsäulen erstarren. Die Wüste war totenstill und ganz und gar reglos. Marie wurde klein wie ein Kern. Unauffindbar zog sie ihre Straßen.

Sie saß auf den Eisenbahnbohlen. Durch die Hand ließ sie den Sand rieseln.

Sie war ein Mirabellenkern in einem Garten.

Am Fuß des Berges rasteten die Wanderer. Sie mussten essen, damit sie nicht hungers starben. Doch sie hatten nur den falschen Apfel für fünftausend Sünder. Da aßen sie sich gegenseitig auf. Aber ein Wunder geschah, so wurde alles Blutrote weiß wie ein Lamm. Die Kerne waren kleiner und größer, als sie es waren.

Marie ließ es rieseln, bedeckte sich ganz mit Sand.

Mittagessen

Wenn sie beim Tischdecken half, gab Mamatschi ihr das abgezählte Besteck in die Hand, als könnte sie noch nicht rechnen. Wie man es hinlegt, hatte der Vater oft genug erklärt: Die Gabel hat als Frau den Vortritt, kleine Löffel werden getragen, der Messermann spricht das Schlusswort.

Man konnte auch tun, als wäre der Tisch ein Fußballfeld wie im Garten der Nachbarn. Man baute sieben Tore auf den Tisch: Gabelpfosten, Löffelquerlatte und Messerpfosten. Auf Katrins Platz kam noch kein Messer. Mamatschi brachte das Geschirr und setzte es in die Tormitte. Fünfmal die vornehme Maria Weiß, ein Hühnerbildteller, ein Punkteschälchen.

Marie nahm die Servietten aus der Schublade, um sie neben die Mutterpfosten zu legen. Mamatschis Serviette wurde von einem silbernen Reif gehalten. Vater und Mutter hatten bestickte Stofftaschen, Geschenke von Jutta. Für Jutta und Barbara gab es auch Servietten, gerollt wie die von Mamatschi, sie steckten in bastumwickelten Pappreifen. Marie und Katrin trugen beim Essen Lätzchen. Mutter hatte Marie versprochen: Sobald du in die Schule kommst, darfst du Servietten und Maria Weiß benutzen.

Immer rief mittags jemand aus dem Flur: Nach dem Klo und vor dem Essen Händewaschen nicht vergessen! Tumult im kleinen Bad.

Dann sieben Leute um den Tisch im Esszimmer. Komm, Herr Jesu Christ, sei unser Gast, und segne, was du uns bescheret hast, Amen. Alle mussten von allem einen Anstandslöffel essen. Beispiel: Kartoffeln, Rührei, Spinat, dazu zerlassene Margarine.

Auf Maries Hühnerbildteller pickten eine weiße Henne und vier gelbe Küken ahnungslos, bevor das heiße Essen über sie hereinbrach. Marie griff nach der Gabel, um die Köpfe ihrer Hühner freizulegen. Schnell bekamen alle wieder Luft. Der Mund war vollgestopft, Spinat, Kartoffeln, Rührei, es war ein großer Essenskloß in Maries Mund, wichtig war nur, das Federvieh konnte atmen. Die vier Küken sollten sich an ihre Muttersicher halten, aber manche waren eigensinnig, sahen nicht den Bussard mit den harten Augen, seinem spitzen Schnabel und den messerscharfen Zinkenkrallen oben in der Höhe schwebend lauern. Der Bussard zog langsame Kreise über der grünen und gelben Landschaft. Er stürzte unvermittelt ab, fing Küken und sogar Lämmer, brachte sie in sein Nest zum Fraß für die eigenen Jungen. Da wurden sie zerfetzt und halb lebendig heruntergewürgt.

Der Vater hob den Zeigefinger und rief den beiden Jüngsten zu: Kauen, Schlucken! Einfache Übung!

Auch Katrins Mund war vollgestopft. Sie fuhrwerkte mit ihrer Gabel in dem grünen gelben Land, belud sie, ließ sie durch die Luft schweben. Wehe dir, du matschst, sagte Mutter, noch ist die Tischdecke sauber. Jutta sagte, wir hatten heute Diktat, und mittendrin hat Herr Vulker gepupst. Er ist ein alter Pupsmann, sagte Barbara. Ich höre das Wort nicht gern, sagte Vater. Ihr solltet dankbar sein, dass er sich noch mit Kindern abgibt, er könnte längst seine Rente verprassen. Marie roch an ihrem Lätzchen, das stank. Sie wollte auch zur Schule gehen, wollte eine Serviette und eine weiße Maria. Das war gegen den Hühnerteller treulos. Die Henne und alle Küken würden unter Katrin gefährlich leben, die aß langsam.

Marie stach sie in den Bauch, dann hob sie den Finger und rief: Kauen, Schlucken! Einfache Übung! Katrin sagte, Pupsmann.

Beim Mittagessen galt die Anstandslöffelregel nicht für Kinder, wenn es Niere, Leber, Herz und anderen Innereien gab.

Das Kartoffelpüree war ein Burgberg, in dem der Burgherr Möhrenprinzen gefangen hielt. Braune Linsensuppe kam aus einem dunklen Wald, an dessen Rand ein Moor lag, sie gehörte zum Land der Verruchten. Kartoffelklöße waren freundliche Riesenfrauen. Spargel schmeckte nach Wasserleiche, nach toter Jungfer. Die Gabel stakste durch den Urwald aus grünem Salat, pickte nach Schnittlauch, schnitt eine zitronensaure Fratze und spritzte vor Freude. Gekochte Erbsen nannte Vater lästiges Kindergesocks, er mochte lieber Erbsenmus, das lag auf den Tellern als matter Schlamm. Der Pfannkuchen rannte kantapper kantapper davon: Bin ich nicht schon dem Hasen und dem Wolf entkommen? Marie mochte ihn gern, obwohl er nicht rennen und rollen sollte. Sie hätte sich ihn gern auf den Kopf gelegt, als Heiligenschein. Die Blutwurst war vom falschen Glitzerspeck verflucht, vor Trauer schwarz, und wer sie aß, erlöste sie. Der Schellfisch lag in einem ovalen schwarzweißen Boot und schämte sich, wenn ihm die Silberhaut vom Leib geschnitten wurde und in feuchten Fetzen dalag. Reibekuchen waren niederes, stinkendes, rohes Gesindel, das man nur in der Küche aß. Reibekuchen waren, sagte Vater, manchmal Schwärzlinge, sie trotzten und schrien und brannten. Nudeln aßen sich von selbst und lagen sanftmütig im Bauch. Blumenkohl stank. Chicorée war bitter, aber die Eltern hatten in der Kriegszeit Giersch gegessen und sich nicht beklagt. Bratwürstchen rutschten im Hals zwar runter, aber sie wollten gleich wieder rauf. Gefüllte Paprika waren scharfe Chinesen, die Schlitzaugen machten. Die Frikadellen hatte Vater umbenannt, sie hießen Teigwaren, weil Mutter das Fleisch mit zu vielen Brotresten streckte.

Man schlug mit seinem Löffel auf den Wackelpudding ein und sagte: Zittre nicht, ich fress dich doch. Das Apfelkompott teilte man sich in Viertel, ließ den Löffel über jedes Viertel wandern und sagte dazu: Dich-es-se-ich-zu-erst-auf. Dann nahm man eine Löffelspitze. Man arbeitete sich langsam, aber stetig vor, bis aller Nachtisch weg war.

Wir danken dir, Herr Jesu Christ, dass du unser Gast gewesen bist, Amen.

Danach durfte eines der Kinder die große Tonne aus der Küche bringen, wenn nicht Advents- oder Fastenzeit war. Die große Tonne war eine schwarzrote blumengemusterte Dose aus Blech. Darin gab es Schokolade, Lakritzkatzen und Gummibären und man versuchte mit Mutter zu handeln, denn ein Stück Schokolade war mehr wert als ein Getier. Vater sagte zu den Kindern, ihr seid dumme Krämerseelen. Aber er handelte selbst mit Mutter, führte gewundene kluge Reden und stahl unterdessen.

Der Schutz der Großmutter

Mamatschi lag mit geschlossenen Augen auf ihrem Bett. Ihre Daumen drehten sich. Marie stand auf dem Sessel, sah aus dem Fenster. Man hatte einen Überblick den ganzen Hügel runter, sah Rübenfelder, die Straße, auf der Weide daneben grasten Bauer Weilers Kühe. Marie spielte Autos zählen, aber es fuhr kaum eines den Hügel rauf oder runter. Fünf, sagte sie schließlich.

Sie holte Mamatschis Pantoffeln und ließ sie als Autos über die Fensterbank fahren. Sie knibbelte am Holzlack des Fensterrahmens. Puhlte an dem kleinen Loch der Kopfstütze des Sessels. Sah eine Fliege, die wieder und wieder gegen das Fenster dotzte. Sie nahm eines von Mamatschis Haarnetzen und schnupperte. Ein bitterer Geruch. Sie spannte das Netz, um die Fliege zu fangen, aber die ging nicht rein. Sie spielte mit sich selbst das Spiel von Taler, Maler, Kühchen, Gänschen, Ränzchen, Killewänzchen. Schließlich sah sie sich nach der Großmutter um: Schläfst du? Mamatschi sagte, ich ruhe. Aber das Daumendrehen hatte aufgehört.

Draußen ging die Wandergrete mit schnellen festen Schritten den Hügel herunter. Immer war sie auf den Straßen unterwegs, lief von Dorf zu Dorf, so war es, so würde es bleiben. Vater nannte sie unsterblich. Die Wandergrete war vielleicht so alt wie Großmutter, vielleicht auch nicht. Sie wirkte unheimlich, obwohl sie immer lächelte. Das war, weil ihr Gesicht aus Holz gemacht war.

Eine Fliege landete auf dem Kinn der Großmutter, sie schlug danach und öffnete die Augen. Mamatschi, bat Marie, bitte lies mir vor. Draußen kommen keine Autos.

Die Großmutter sah nach der Uhr, setzte sich langsam auf.

Marie zog ihr die Pantoffeln an, die eben noch Autos gewesen waren.

Mutter kam ins Zimmer, brachte Mamatschi eine Tasse Kaffee und Marie ihre Puppe Lieschen. Ihr drei passt gut aufeinander auf, ich fahre jetzt mit Katrin in die Stadt, sagte sie. Dass ihr mir kein Theater macht.

Vater war im Auto unterwegs mit Barbara und Jutta, sie suchten nach Spuren der alten Römer. Er schrieb darüber Aufsätze für Zeitschriften. Sein Beruf hieß freier Journalist. Vorher war er beim Eisenwalzwerk Rasselstein bei wertvollen alten Papieren gewesen, sein Raum hieß Archiv. Aber dann fand er, sein Chef war ein dummer Frühstücksdirektor und die Arbeit für ihn ein Dreck ohne Ende. Er hatte den Dreck gefeuert und folgte lieber den Römern. Jutta und Barbara mussten oft mit ihm fahren, auch wenn sie nicht wollten.

Mutter verschwand mit Katrin auf der Dorfstraße in Richtung Bushaltestelle.

Marie sah, wie der Bus den Hügel runterfuhr und winkte ihm nach. Sie streichelte den Gummibaum. Sie saß mit Lieschen im Sessel und fand es zu still im Zimmer. Mamatschi sagte, Courage. Du wirst schon sehen, die anderen kommen wieder. Sie gab Marie zur Beruhigung ein Stück Schokolade, griff nach einem Buch und setzte sich in ihrem Sessel zurecht. Sie trank einen Schluck Kaffee, schloss die Augen, schlug das Buch aufs Geratewohl auf. Sechzehnter Oktober, rief sie, der Tag meiner Namenspatronin! Wo ist meine Brille?

Beide kannten die Geschichte beinahe auswendig. Marie ließ ihre Puppe Purzelbäume schlagen, hörte der Großmutter zu: Die heilige Hedwig war eine Grafentochter und ging schon als Kind in ein Kloster. Dort lebten fromme Nonnen, die sie erzogen. Hedwig war noch jung, gerade zwölf Jahre alt, da wurde sie verheiratet. Der Herzog ging mit ihr nach Schlesien, das liegt im fernen Osten, im Herrschaftsgebiet der Kommunisten. Hedwig schenkte sieben Kindern das

Leben und musste doch manche verlieren. Aber sie lobte Gott und klagte nie. Nach zweiundzwanzig Jahren Ehe lebten sie und ihr Mann enthaltsam. Sie gründeten eine Abtei. Hedwig half den Armen, wo sie konnte. Sie kasteite sich, das heißt, sie ging im Winter barfuß. Da ermahnte sie der Bischof, du musst Schuhe tragen. Mamatschi fragte, warum wohl? Lieschen schlug den Purzelbaum rückwärts. Hedwig holt sich barfuß im Schnee den Tod, sagte Marie. Mamatschi fragte, und was tat die heilige Hedwig? Sie gehorchte, trug die Schuhe, aber in der Hand. Marie hatte diesen Teil der Geschichte noch nie verstanden. Gab Hedwig ihre Schuhe nicht den Armen? Mamatschi sagte, hier steht nur, sie machte sich den Armen gleich. Marie stand auf und sah im Buch das Bild der verschleierten Frau, sie hatte einen gelben Reifen um den Kopf, das Zeichen ihrer Heiligkeit, und sie hielt Schuhe in der Hand. Lieschen verliert ihre immer, sagte Marie, die sind ihr zu groß.

Sie blätterte im Buch der Namenspatronen. Viele waren Märtyrer, die hatten ihr Blut für den Herrn Jesus gegeben. Bunte Bilder, Stephanus wurde gesteinigt, Sebastian durchbohrt von Pfeilen, die er vorerst überlebte. Maria war die Königin der Märtyrer, obwohl sie ganz natürlich starb und dann sofort, ganz ohne Prüfung und Gericht, in Gottes Reich einging. Sie hatte zwar keine Schläge und Wunden am Leib empfangen. Aber ein scharfes Schwert des Schmerzes hatte ihr die Seele zerfetzt. Das war, als sie erleben musste, wie ihr Sohn den Kreuztod duldete, um die Menschen zu retten.

Marie war nicht Maria, sie war keine Königin der Märtyrer so wie die Mutter Gottes. Aber Marie hatte noch einen zweiten Namen. Sie bat Mamatschi, lies mir von Agnes vor.

Großmutter trank ihren Kaffee, spuckte Satz aus, braune winzige Körnchen. Marie setzte sich auf ihren Schoß. Mamatschi roch aus ihrem schwarzen Knisterkleid nach Kaffee, süßem Schweiß und Schokolade.

Ein junges römisches Mädchen, Agnes, weigerte sich, vor des Kaisers Standbild und vor ihm selbst niederzuknien. Sie wurde in ein Verlies geworfen und zum Tod verurteilt. Mehrere reiche junge Männer wollten sie zur Frau nehmen, dann wäre sie aus dem Kerker herausgekommen und hätte in Freuden leben können. Aber Agnes hatte schon einen Bräutigam, den sie so liebte wie er sie, sein Name: Jesus. Daher wies Agnes die ganze Bagage der Freier ab. Die rissen ihr zornig die Kleider vom Leib und stellten sie draußen vor alle Leute, damit jeder sie verhöhnen konnte. Aber die Menschen wandten ihre Augen von dem reinen Mädchen ab. Das ergrimmte die Freier noch mehr. Sie schichteten einen großen Scheiterhaufen auf, um Agnes zu verbrennen. Die fürchtete sich, zitterte aber nicht, sondern betete für die Heiden, die ihr so großes Unrecht taten. Ein Schutzengel kam vom Himmel hernieder und hütete sie, so dass die Flammen ihr nichts taten. Als das der Richter sah, gab er dem Henker einen Wink, der zog das Schwert. Agnes beugte ihr Haupt auf den Richtblock. Noch im Sterben betete sie für ihre Mörder.

Ach ja, sagte Mamatschi, heilige Agnes, bitte für uns.

Das Bild im Buch zeigte ein Scheiterfeuer, lodernde rote und gelbe Flammen. Der Scharfrichter hielt sein silbernes Schwert, im Hintergrund stand ein Lamm, in den Wolken flogen Engel in weißen Hemdchen.

Mamatschi fingerte an ihrem braunen Samthalsband mit den fünf aufgestickten Perlen, versuchte noch einen Schluck von dem Kaffee, sie spuckte wieder Satz aus.

Lies auch den Rest vor, sagte Marie. Bitte.

Die bekehrten Römer erbauten über dem Grab der heiligen Agnes eine große Kirche. Lange Zeit wurden Lämmer geopfert, allerdings nicht geschlachtet, sie wurden geschoren. Aus der Wolle der Agnes-Lämmer webten fromme Nonnen weiße Bänder für die Gewänder der Erzbischöfe.

Ach ja, seufzte Mamatschi, so war es.

Auch Lieschen hatte weiße Wolle auf dem Kopf.

Marie ließ sich mit ihr auf dem Boden nieder. Die Puppe schlug Purzelbäume über Mamatschis Pantoffeln, vorwärts, rückwärts, dann kletterte sie an Mamatschis Beinen hoch, krallte sich an den labbrigen Strumpfhosen fest, rutschte ab, stieg wieder aufwärts, sie landete auf Mamatschis Schoß und wurde gewiegt.

Wieder stand Marie auf dem Sessel am Fenster.

Es ging nicht vorwärts mit dem Autozählen, es kam auch kein Bus.

Bauer Weiler trieb die Kühe in den Stall, zum Melken. Also schon Abend.

Dann kamen gleich mehrere Autos hintereinander den Hügel hinauf, Marie erkannte das von Herrn Frings und das von Herrn Zebner. Also Feierabend bei den Rasselsteinern.

Am Feierabend sitzen die Familien zusammen um den Abendbrottisch. Dann Spielen, Aufräumen und Waschen. Dann ins Bett und Beten. Dann kommt die Nacht.

Der Vater und die beiden großen Schwestern wurden von alten Römern in einem Kerker gefangen gehalten. Sie hatten auch Mutter und Katrin erwischt.

Marie wusste: Kinder, die alleine aus dem Haus laufen und auf der Straße schreien, werden verdroschen. Agnes war voll Furcht, zitterte aber nicht. Sie beugte ihr Haupt. Marie rutschte schnell vom Sessel runter, wollte schnell auf die Straße, schnell schreien. Mamatschi hielt sie am Kragen fest: Du musst dich nicht echauffieren! Immer Courage! Marie schrie, Mamatschi, bete!

Die Großmutter nahm das Kind auf ihren Schoß und betete. Mamatschi, bete lauter, schrie Marie.

Sie beteten gemeinsam, laut und lang, immer im Kreis. Mutter weckte sie auf.

Ort der großen Vorführung

Es war einmal ein Fürstensaal, ein hohes, kahles Haus. Dort wurden Feiern abgehalten.

Gott selbst war der König, die heilige einige Drei aus Vater, Sohn und heiligem Geist.

Er lebte dreifach, im Himmel, auf Erden und in den Herzen der Menschen, die ihm zu Ehren Kirchen bauten. Manche waren bis in jeden Winkel reich geschmückt mit Bildern, Skulpturen, Blumen, Teppichen, Vorhängen, andere sahen kahl aus. Die Eltern sagten, Gott braucht keinen Prunk. Sie fuhren sonntags mit den Kindern in eine neu gebaute Kirche am Stadtrand. Heilig-Kreuz, heller Beton.

Ein weiß verputzter, hoher, kahler Saal, von Leuchtstoffröhren erhellt. Die Gemeinde saß in einem großen Halbkreis auf Holzbänken vor dem erhöhten Altarraum. Es führten zwei mal drei Stufen hinauf. Dahinter ging es zwei mal drei Stufen abwärts, in einen kleinen Halbkreis, Betreten verboten. Dort lag das Herz der Finsternis.

Im Altarraum gab es den steinernen Opfertisch, er war gedeckt mit einem weißen Tuch. Darüber hing ein Kruzifix aus Holz. Im Altarraum standen auch ein Rednerpult, der Tabernakel mit dem Allerheiligsten und drei Schemel, ein kleiner, ein großer und wieder ein kleiner.

Die Wand im Rücken der Gemeinde war aus vielen einzelnen Bogenfenstern zusammengesetzt. Beton und Bleiglas. Diese Fensterwand ließ wenig Licht ein, außerdem stand die Empore mit der Orgel in ihrer Mitte.

Ein nüchternes, hohes, kahles und kaltes Haus, im Winter behielt man den Mantel an. Wenn man die Kirche betrat, ging man nicht mehr als Gruppe, sondern in einer Reihe.

Die Erwachsenen schienen betreten zu sein, das verstanden die Kinder nicht. Sie hörten und sahen, wie alles war, sie machten sich ihren Reim darauf.

Die Gemeinde schmückte sich am Sonntag für den Herrn, doch niemand sah so königlich aus wie die Männer im Altarraum. In der Woche lebten sie als schwarzgekleidete Witwer miteinander im Pfarrhaus, eine alte Frau besorgte ihren Haushalt. Sonntags trugen sie schwingende, lange Gewänder. Jeder hatte eine bunte Stola um den Hals, sie waren mit Gott verheiratet.

An diesem Ort wurden Sätze in einer ausgestorbenen Sprache zum Leben erweckt, sie wurden gesprochen oder gesungen. Man stand nach Regeln auf, man setzte sich oder kniete sich hin. Wer die Kommunion empfangen durfte, reihte sich in eine Schlange ein und ging nach vorne, bis vor die Altarstufen. Wer noch zu klein war, wartete. Es gab wenig zu sehen, denn die Menschen sollten sich auf Gottes Wort besinnen. Es war die Rede von Blut und Dank, von Hingabe und Gehorsam. Es wurde beschworen, gedroht. Auch das Wort Liebe fiel oft. Man durfte nicht am Daumen lutschen. Alle gelobten immer wieder, Gott zu lieben. Er war ein Lamm und allmächtig. Man musste ihn gleichzeitig lieben und fürchten. Man hörte zu, was über ihn gesagt wurde, man sprach im Chor mit anderen. Viele Wörter entglitten einem, selbst wenn sie auf deutsch gesprochen wurden. Die Wörter waren schwer von Bedeutung, so schwer, dass eins sich beim anderen anlehnen musste. So, aneinander gelehnt, aufeinander gestützt, ineinander gestürzt, flossen sie als ein Schwall dahin. NachlassVergebungundVerzeihungunserer-SündenschenkeunsderallmächtigeGottderVaterderSohnund derheiligeGeistAmen.

Neben den regelmäßig wiederholten Wortschwällen gab es wechselnde Reden von den erhöhten Männern. Sie waren Priester, Gottes Stellvertreter.

Es war einmal ein Ort der großen Vorführung. In den Bankreihen saß die Gemeinde still und wartete, bis eine Glocke läutete. Die Orgel setzte im Hintergrund ein, sie brauste. Alle erhoben sich. Aus einer Seitentür traten die Priester und Messdiener ein, man nannte es: Sie halten Einzug. Sie stiegen die Stufen empor. Die Priester lasen aus der Bibel, lasen Geschichten, die auch die Kinder teilweise kannten, denn Mutter erzählte sie zu Hause oft. Marie verwechselte manchmal die Hauptpersonen und die Reihenfolge. Der Ackerbauer Kain ermordete den Viehhirten Abel, seinen eigenen Bruder, oder es war umgekehrt. Moses konnte machen, dass das Wasser aus den Felsen sprang. Elia und Elisa standen am Fluss und einer schlug mit dem Mantel aufs Wasser, da teilte es sich, sie kamen trocken ans andere Ufer. Die beiden wurden von feurigen Pferden getrennt. Marie wäre gern einem feurigen Pferd begegnet. Doch in der Halle hielt man sich still und senkte den Kopf. Später bezeichnete man sich und malte mit dem Daumen unsichtbare Kreuze, eins auf die Stirn, eins auf den Mund und eins aufs Herz. Man stand und sang. Man saß und hörte zu. Erst kam der Tod, danach das Leben. Denn die Menschen hatten allzumal gehasst, den Nächsten, den Bruder, den Herrn. Sie hatten ihr Lamm ans Kreuz geschlagen. Man sagte Amen und sang.

Ein Priester mit Glatze stand auf und hielt einen Vortrag. Er machte in der Ansprache aus allen Leuten eine einzige Familie, er nannte sie Brüder und Schwestern. Er stellte Fragen, die er selbst beantwortete. Man hörte zu. Man machte aus seinem Gesicht eine leere offene Fläche, in der sich nichts regte. Der Redner betrat diese Fläche mit seinen Worten, seiner Stimme. Er herrschte die Leute an, dann klagte er, dann säuselte er und lockte mit dem Zeigefinger. Er runzelte oft die Stirn, er lachte nie. Man konnte mitzählen, wie oft er zur Saaldecke aufsah und dabei eine Sprechpause machte. Alle Priester machten große Gesten. Ihr Gehen war Schreiten.

Ihr Nicken war eine Verbeugung des ganzen Oberkörpers. Einer von ihnen schielte leicht, Marie verehrte ihn. Denn er war feurig wie das Pferd, und er meinte es gut. Er donnerte, schlug mit der Faust auf das Pult. Manchmal schüttelte er beide Fäuste gegen die Leute. Immer wieder breitete er die Arme weit aus, dann hob er sie über den Kopf.

Die Gemeinde saß still. Fast alle hatten die Hände gefaltet, so dass man sie leicht hätte fesseln können. Man sollte sich auf das Wort besinnen.

Das fiel einem beim Knien schwer. Es hing jeweils vom Redner ab, wie lang man knien musste. Der schielende Priester horchte jeder Bitte, jedem Geständnis und jedem Dank lange nach, dann fügte er noch eine Bitte, noch ein Geständnis und noch einen Dank hinzu. Er dachte nicht mehr an die Leute, er dachte an Gott, er war in seine Vorführung für ihn versunken.

Der Körper fühlte sich taub an, wenn man aufstehen durfte. Der Geist aber musste sich auf das Wort besinnen.

Ein seltsames Wort war das. Einerseits sprach man es selbst, in Wechselrede mit den erhöhten Priestern. Andererseits waren alle Worte vorgeschrieben von Gott, der abwesend war. Die Worte umkreisten den Abwesenden. Der Abwesende war die Worte. Es war nicht zu verstehen. Er war nicht da und war überall jederzeit. Er schwebte über den Wassern und war ein Geist. Zu Hause in der Badewanne durfte man ihn nicht herbeibeschwören. In der Kirche war er oft zu viel, auch wenn er fort war. Marie mochte auch nicht, dass fremde Leute zu Brüdern und Schwestern wurden. Und es gefiel ihr nicht, dass die Leute aus ihren Gesichtern leere offene Flächen machten, die von den Priestern betreten wurden. Es atmete sich nicht leicht in der Halle. Der Abwesende war beklemmend, man musste stillsitzen, man durfte nicht lachen. Der Herrgott war ein gewaltiges Lamm. Herr Gott war Vater, Sohn und Geist. Er konnte das Leben nehmen und schenken, wofür man dankte. Er gab den Atem und nahm ihn. Als Menschensohn war er Bruder und Freund. Marie hätte es gern verstanden. Sie sah die große Vorführung, sie jubilierte mit den anderen und allen Heerscharen im Himmel, sie verstand es nicht.

Der Abwesende aus der Halle war bei ihr im Bett, in jeder stillen Nacht, wenn alles schläft. Da war er ganz verwandelt. Er kannte kein Müssen. Er war das Wort und nahm Gestalt an.

Er wurde vom weißen Lamm zum feurigen Pferd. Er näherte sich ihr als Bruder und als Freund.

Er war ihre große Verführung. Sie hörte: Wie du willst, Marie.

Auf in Bewegung, ins Offene, los, alles los, in die Wildnis, ins Freie, ich bin es, auf dem feurigen Pferd der Ritt mit dem Daumen im Mund auf die wortlose Reise, langsame Steigerung, schneller und heißer und wilder werden, geschmiegt auf das Pferd, in einem einzigen Rhythmus sein, in einer Bewegung das Atmen, das Pferd und der Reiter, sie stürmen durchs Weite, sie bäumen sich auf, sie sinken zusammen, sie halten einander fest, ein klopfendes Herz ist zu hören, das Eine in Allem und Alles in Einem.

Auto, Krefeld, Ferien in Holland

Das Auto in der Garage war rund und blau, ein Wal oder eine Arche. Kinder durften nicht allein hinein, doch Jutta und Barbara hatten Mamatschi einmal reingelockt. Sie saß auf der Rückbank, Barbara war der kühne Vater am Steuer, Jutta als Mutter blätterte in Landkarten und gab die Richtung vor. Marie kam gern als Sohn dazu. Die Reisenden wurden erwischt, zur Strafe mussten die Kinder Eckestehen, und Mamatschi bekam das Abendessen in ihrem Zimmer.

Marie fand das Auto schön, solange es reglos stand, so stark und schwer und still. Durch das Garagenfenster redete sie ihm oft zu, um es zu zähmen. Der Vater hatte es Rosinante genannt, nach Don Quichottes Pferd.

Die großen Schwestern hatten Sommerferien. Vater saß an seiner Schreibmaschine und kam nicht weiter mit seinem Aufsatz. *Werden und Wachsen einer Rheinstadt.* Mutter fand, er hätte beim Rasselstein bleiben sollen. Das Werden und Wachsen der Rheinstadt kümmerte vor sich hin, denn Vater hatte eine Schreibkrise. Mutter fragte, bist du Goethe? Sie zeigte ihm das Haushaltsbuch. Sie sprach über die festen roten und die unsicheren schwarzen Zahlen. Sie sagte, Oma Hanna findet freie Journalisten, der Vater unterbrach sie, schrie, ich bin nicht stellungslos, ich arbeite! Er hackte auf der Maschine weiter. Mutter beruhigte ihn, die Kinder und sich selbst: Unsere schwarzen Zahlen reichen. Wir zahlen dem Rasselstein pünktlich die Miete. Wir ernähren uns, wir spenden für die Armen, wir tanken das Auto. Wir fahren sogar in die Ferien.

Mutters Schwester hatte reich geheiratet. Tante Rose, Onkel Dirk und zwei Söhne lebten in Krefeld in einem Haus mit Wendeltreppe und Swimmingpool. Morgens gingen die Erwachsenen von ihrem Schlafzimmer aus die Wendeltreppe runter, dann konnten sie gleich ins Wasser springen. Oder sich auf das Standrad setzen und trainieren. In ihrem Garten stand eine Hollywoodschaukel. Sie besaßen auch ein Haus mit See in Genepp, Holland, und wenn sie nicht selbst dort waren, durften andere dort ihre Ferien verbringen.

Marie dachte an süßen holländischen Hagelschlag. An die weite Fahrt und daran, wie das Auto stank, nach Würstchen und Benzin und Kotze.

Genepp, Vater sprach es aus, als hätte er etwas verschluckt, Chenepp. Die Kinder krächzten ihm nach, Chenepp.

Das Packen vor der Reise: Koffer, Rucksäcke, Schuhbeutel, Bettwäschesäcke. Medikamentenkasten, Waschzeug, Badesachen, Spielzeug, Bücher, Schreibmaschine, Lebensmittel.

Am Abend vor der Reise trugen sie alles zur Rosinante. Vater wuchtete die schweren Sachen in den Kofferraum und füllte Lücken mit weichen Säcken. Dann fielen ihm die sperrigen Kartons mit Weinflaschen und Eingemachtem ein. Mutters Wäschefalten war der blanke Unverstand gewesen. Bettlaken und Handtücher konnten als Schutz für die Flaschen und Gläser dienen. Er sagte, Ordnung ist nur das halbe Leben. Jedes System braucht Fantasie! Warum sind wohl die alten Römer am Ende untergegangen?

Die beiden stopften das Auto voll bis auf den letzten freien Fleck. Dann studierte Vater noch einmal die Landkarten. Mutter sorgte in der Küche für den Proviantkorb. Auf alle Reisebrote kam ein Salatblatt, damit die Schnitten sich hielten. Das gab es nur auf der großen Reise nach Genepp.

An einem frühen Morgen saßen die Kinder in sauberen Kleidern hinten im Auto, die großen Schwestern an den Fenstern, die beiden kleinen auf den mittleren, billigen Plätzen. Keiner von ihnen muckste. Sie hatten ihre Lieblingswesen mit dabei, den Hund Dröner, den Tiger Tüschen, die Puppe Lieschen, den Teddy Judith. Die Eltern ermahnten Mamatschi. Vater steckte den Schlüssel mit dem heiligen Christophorus ins Schloss, und als der Motor lief, zeichneten sich die Eltern gegenseitig ein Kreuz auf die Stirn. Auch jedes Kind bekam eins. Vater fuhr los. Die Kinder winkten der Großmutter und dem Haus, dann fingen sie zu singen an.

Später zählten sie Verkehrsschilder und spielten Stein schleift Schere. Sie winkten anderen Autofahrern. Sie stritten, weil es längst Zeit war, die Plätze zu wechseln. Am Fenster konnte man nach Luft schnappen. Wem schlecht wurde, der sollte sich beizeiten melden. Er bekam ein Apfelstück und musste an einem Erfrischungstuch riechen.

Es gab eine Pause und Brot mit Salatblatt. Danach fuhr Mutter, sie sollte in Übung bleiben. Sie saß fast auf dem Steuerrad. Du bist nicht dumm, aber du musst die Spur halten, rief der Vater.

Jutta und Barbara bugsierten ein paar Taschen auf die Rückablage, so gab es mehr Platz zum Kämpfen. Katrin wurde gefangengenommen und auf den Autoboden gedrückt. Bald saß auch Marie im Verließ. Am Boden roch es nach Gummimatte und Rumpeln. Die beiden Großen hielten die ganze Rücksitzbreite besetzt und wehrten die Kleinen ab, die wieder auf ihre Plätze wollten, raus aus dem Kerker. Vater sprach ein Donnerwort. Da setzen die Kinder sich schnell wieder ordentlich hin.

Sie fuhren, sie fuhren. Maries Mund schmeckte nach Spucke, Gummimatte, Würstchen, Benzin und Erfrischungstuch.

Sie wusste, wenn man alle Hoffnung aufgibt, ist die Rettung nahe. Daher gab sie alle Hoffnung auf, aber das half nicht. Vielmehr kam das Schlucken. Vielmehr kam der saure Brei. Marie schluckte und schluckte dagegen an, doch er stieg hoch. Der Schweiß war heiß und kalt. Sie schaffte es knapp mit dem Melden. Jutta schaffte es, ihr einen Lappen vor den Mund zu halten. Mutter schaffte es, das Auto anzuhalten. Marie hockte am Straßenrand und reiherte das Innere nach außen. Die Eltern lobten sie. Sie hatte aber einen Klecks auf das saubere Hemd gemacht. Barbara sagte, Stinkadores, und musste sich eine Kopfnuss geben. Vater übernahm das Steuer, er sagte Marie: Du hast den Fliegen und den Ameisen ein Festessen beschert. Sie dachte, dass die Tiere sich wohl freuten. Aber jetzt musste ihre Kotze ganz allein am Straßenrand auf die Vernichtung warten.

Mutter übte mit den Kindern den Kanon vom Kaffee. Sie fuhren, sie fuhren. Es war heiß und eng. Katrin und Marie waren benommen von dem vielen Auto. Sie streichelten zum Trost die Hinterköpfe der Eltern.

Vater hielt vor der hohen Hecke beim Grundstück der Tante Rose. Die Kinder stiegen aus und hüpften auf der Stelle, um wieder wirklich zu werden. Mutter zog ihre Kleider zurecht und fuhr mit einem Kamm durch die vier Kurzhaarschnitte. Ihr seid gesittete Christenmenschen, sagte sie, wenn ihr das bitte behalten wollt.

Als Gastgeschenk brachte sie eine Flasche Badeschaum und eine Flasche Wein für die Verwandten mit.

Der Swimmingpool war verboten, die Tante sagte, leider gerade frisch gechlort. Da stritten die vier Kinder mit den Cousins ums Standrad, denn sie waren der Besuch, die Jungen hatten es jeden Tag. Die Jungen waren größer und stärker, die Mädchen waren in der Mehrzahl. Schließlich sausten sie miteinander die Wendeltreppe vom Schwimmbad zum verbotenen Schlafzimmer rauf und runter und spielten, sie hätten Lianen, um sich daran abzuseilen. Danach trainierten sie mit Hanteln.

Die Eltern tranken Tee mit Onkel Dirk und Tante Rose. Für die Kinder gab es gekauften Saft, den sie zu Hause nicht bekamen. Der Schlüsselbund zum holländischen Haus lag auf dem Tisch. Mutter schrieb auf, was sie beim Herd und dem Boiler beachten musste. Onkel Dirk sagte: Ihr lasst mir keine fremden Leute rein, das Grundstück ist kein öffentlicher Spielplatz. Binnentreden onmogelijk! Geen fietsen plaatsen! Verboden te zwemmen! Versteht ihr das? So viel Holländisch solltet ihr können! Vater murmelte etwas in einer anderen Sprache. Onkel Dirk sagte, dein Römisch bringt dir keinen Blumentopf bei irgendeiner Firma. Mutter legte dem Vater unter dem Tisch ihre Hand aufs Knie. Die Töchter wussten, ihre Eltern mochten den Onkel nicht. Und Mutters Schwester war eine stolze Rose, sie hatte zwar Söhne, war aber etepetete. Das Schwimmbad hatte sie gechlort, damit kein fremdes Kind ins Wasser konnte. Es lag an ihrer Ehe mit dem Onkel, der in seinem Kopf nur schwarze Zahlen wälzte, weil er eine Firma hatte, die aus Samt und Seide war. Vater hatte oft genug gesagt: Es kann einer ein Hüne sein und reich an Geld und er bleibt trotzdem lebenslänglich dumm. Ein anderer ist etwas klein und krumm, doch reich an Bildung. Ihr müsst den Krefeldern nicht sagen, dass ihr den Unterschied kennt. Die Töchter nickten. Sie erklärten ihrem Vater nicht, was ein Schwimmbad bedeutet.

Onkel Dirk suchte in der Zeitung nach einem Artikel über seine Firma, er blätterte die Seiten nass an. Außen hui und innen pfui, doch als Besuchskind hielt man seinen Mund. Man trank Saft auf Vorrat. Man starrte die Cousins an, die trugen kurze Hosen mit Bügelfalte, weiße Hemden, Pullunder und peinliche Fliegen. Aber ihre Haare waren etwas länger als die eigenen und gut geschnitten, vom Friseur und nicht von einem Vater.

Die Mädchen liefen den Cousins nach, in den ersten Stock. Die Jungen hatten pro Person ein eigenes Zimmer. Sie sagten, Betreten verboten.

Der Vater rief, als er wieder am Steuer saß: Auf in die weite Welt! Ihr verlasst jetzt gleich den Mutterboden und das Vaterland! Mutter sagte: Erst kommt der Zoll. Wenn der Beamte auftaucht, will ich kein Wort von hinten hören! Sie hielt die Papiere bereit. Das Auto reihte sich in eine Schlange ein und rückte langsam vor, wie die Erwachsenen am Sonntag in der Kirche, wenn sie für die Kommunion anstanden. Ein Auto musste auf den Seitenstreifen fahren, den Kofferraum öffnen. Die Eltern hatten Angst, also die Kinder auch. Ein Mann in Uniform sagte, Kontrolle, und Vater gab ihm die Dokumente. Er hatte nichts zu verzollen. Er wurde durchgewinkt, ein Schlagbaum ging hoch. Er fuhr im Schritttempo zum nächsten Kontrolleur, der trug eine andere Uniform. Noch ein Schlagbaum.

Sind wir jetzt in Holland? Ich hab es euch im letzten Sommer erklärt, sagte Vater. Seid ihr dumm geblieben? Seht euch die Häuser an! Was ist hier anders als bei uns? Barbara rief, die Gardinen fehlen! Der Vater sagte, richtig. Ein frommer Holländer hat nichts, was er verbergen müsste. Alle dürfen sehen, wie es bei ihm zugeht, sauber, ordentlich, gesittet. Barbara nickte, deshalb haben auch die holländischen Zollbeamten keinen Hintern. Vater starrte sie an und fragte, wer hat sonst noch keinen? Polizisten!, sagte Barbara. Unsinn, sagte Mutter, sogar der Papst hat einen.

Sie erreichten Genepp, fuhren auf einer kleinen Straße weiter. Das Haus der Verwandten stand außerhalb des Orts an einem See. Am Ufer lagen Roller, Räder. Am Ufer spielten Kinder, andere waren im See, sie hatten Wasserbälle und ein Gummikrokodil. Der Vater parkte vor der Haustür. Alle Sachen mussten ausgeladen werden, das war Frauensache. Vater ging zum See, er rief den fremden Kindern zu, geen Fietsen plaatsen. Verboden te zwemmen!

Papa redet holländisch, rief Katrin, was sagt er?

Aber die Kinder schwimmen doch, sagte Jutta.

Wir könnten uns das Krokodil ausleihen, sagte Barbara. Für Katrin, nicht für mich.

Ihr haltet euch raus, sagte Mutter. Meint ihr, eurem Vater macht es Freude, so zu tun, als wär er Onkel Dirk?

Ich möchte mit dem Roller fahren, sagte Katrin. Nein, ich, sagte Marie, du bist zu klein. Gar nicht, Katrin wollte losrennen, doch Mutter packte sie.

Koffer wurden ausgeräumt, die Betten mussten bezogen werden. Die Schwestern wollten schnell zum See und suchten ihren Wasserball.

Vater pfiff sie raus, gab ihnen einen Eimer. Er zeigte in die Runde übers ganze Grundstück. Ihr sammelt sämtliche Papierchen auf, sagte er, und allen anderen Abfall. Bedankt euch bei den fremden Kindern.

Die fremden Kinder waren weg.

Sie zockelten miteinander los. Sandboden, harte Grasbüschel und Kiefern. Überall Dreck.

Katrin flüsterte, ich will keine Papierchen sammeln.

Der See lag glatt und groß. Auf den kleinen Uferwellen schaukelten zwei Apfelkitschen. Ich hol sie raus, erklärte Barbara. Marie sagte, ich helfe dir. Jutta rief, die Eltern haben gesagt, wir dürfen nicht ohne Aufsicht ins Wasser!

Barbara und Marie starrten sie an und wünschten sie fort. Jutta starrte zurück, auch sie wünschte sich fort.

Die Eltern tauchten auf. Der schönste Sommertag, und dann vier Trotzgesichter, sagte Mutter. Vater sagte: Ihr Ärmsten habt nun wirklich eine unglückliche Kindheit.

Holland, Fortsetzung

Auf dem Esszimmertisch lag ein in dunklen Farben gemusterter Teppich. Die Mutter nahm ihn sofort ab, damit ihn keiner schmutzig machte. Der Vater erklärte: Hier sagt man dazu Tischkled. Was glaubst du, wie viel Dreck das schon geschluckt hat! Mutter breitete eine mitgebrachte abwaschbare Decke über den Tisch.

Zum Frühstück gab es Schokoladen-Hagelschlag auf fertig geschnittenem weißen Brot. Es war so weich wie Krantenbollen. Vater fragte, was heißt das Wort? Denkt nach! Hört nach! Hören ist eine einfache Übung. Krantenbollen sind Korinthenballen!

Morgens aßen nur die Eltern mitgebrachte Marmelade. Die Kinder durften beim Frühstück holländisch hageln, soviel sie wollten.

In diesem Sommer übte Marie Schwimmen. Am Seeufer lagen splittrige Holzbohlen, der Vater schmirgelte eine ab und sagte zu den Kindern: Das ist Lili. Das ist ein Nilpferd, das es aus Ägypten bis hierher geschafft hat.

Jutta und Barbara winkten ab: Ein Wasserspielzeug für die beiden Kleinen. Mutter sagte: Katrin geht nicht allein mit einem Tier ins Wasser. So kamen Lili und Marie zusammen. Jutta stieß Pferd und Reiter ab, Marie strampelte mit den Beinen, doch der Schwung war schnell weg, und Jutta mochte nicht lange Trainer der beiden sein. Der Reiter übte allein mit dem Nilpferd weiter, doch Lili bockte, wollte schon das Aufsteigen verhindern, drehte sich tückisch. Marie verstand es, sie dachte daran, ihr die Freiheit zu schenken. Lili sah erleichtert aus, wenn sie am Ufer dümpelte, allein, ohne Reiter. Barbara half Marie mit dem Schwimmen, du musst dir vorstellen, du bist ein Hund! Sie kontrollierte Vorderläufe, Hinterläufe, Kopfstellung. Eines Tages lief Marie zu den Eltern, jetzt kann ich schwimmen, drei Stöße! Barbara sagte: Beim ersten hat sie im Wasser gestanden. Der zweite Stoß war gut. Beim dritten ist sie untergegangen, ich musste sie retten. Lüge, rief Marie. Katrin sagte, ich kann auch schwimmen. Ihr beiden Kleinen haltet den Mund, sagte Jutta, hat man hier nirgendwo Ruhe? Barbara sagte, Marie kann nicht schwimmen, es war nur ein Stoß. Marie trat sie ins Schienbein. Katrin rief, die beiden Großen haben uns gespritzt! Mutter fragte, muss ich euch daran erinnern? Wollt ihr wie Kain sein, der seinen Bruder Abel erschlug? Der Frieden beginnt im Kleinen!

In diesem Sommer fing Marie an, von uns drei Großen zu sprechen.

In diesem Sommer kam der Pater Hugo aus Amsterdam zu Besuch. Vater hatte mit ihm in Bonn studiert. Pater Hugo war Jesuit, man sah es am Kreuz am Jackett. Er stand so früh auf wie die Lerchen, verließ das Haus, um Gott am See zu begrüßen. Kam er zurück und fand jemanden auf den Beinen, meistens noch im Schlafanzug, fing er zu singen an: *Guten Morgen, guten Morgen, ich wünsch' einen guten Tag.* Vater wälzte sich im Bett: Frühmorgenfrohnatur. Ich schlafe. Mutter kochte Tee, der Pater kam in Fahrt: *Ohne Kummer, ohne Sorgen, ohne Krankheit und ohne Plag', ob es stürmt oder ob es regnet, ob die Sonne gülden scheint: Der Herrgott der segnet's, weil er's gut mit uns meint.* Mutter brachte dem Vater Tee ans Bett und nannte ihn Nachteule. Er trank und verschwand unter seiner Decke.

Aber sobald er auf den Beinen war, sprach er gern mit dem Pater. Beide bewunderten den gestirnten Himmel über den Menschen und die Moral in ihnen, sie sprachen von Wissenschaften und Gott und Tugend, sie landeten bei der Kirche. Wenn einer den anderen Ketzer nannte, war es ein Lob. Einmal beim Abendbrot wollten sie klären, wie wir als heutige Katholiken das Geheimnis der Kommunion feiern wollen und dürfen.

Marie war noch zu klein, um Jesus zu empfangen, aber Jutta und Barbara hatten es trotz Verbot oft mit ihr durchgenommen. Man kniete sich hin, öffnete seinen Mund und streckte die Zunge heraus, ohne Fratzen zu schneiden. Man musste die Augen Richtung Himmel heben oder sie schließen, dann legte der Priester einem die heilige Hostie in den Mund. Du musst sie lutschen, hatte Barbara gesagt, die Hostie ist kein Hühnerflügel!

Der Pater sagte, wir Amsterdamer spenden uns die Kommunion von Hand zu Hand, das wird bald überall so sein. Wir küssen auch dem Papst nicht mehr die Füße. Wir alle sind Brüder und Schwestern. Vater prostete ihm zu, die beiden redeten unverständlich. Schließlich mischte Mutter sich ein: Die Hostie ist der Leib Christi. Wir Menschen sind Sünder. Ich habe gelernt, wir haben schmutzige Hände und sollen ihn nicht berühren. Der Pater rief, Gott kennt keinen Dreck. Selbst die Fliege ist ein Teil der Schöpfung! Der Vater sagte, in der Ewigkeit ist Gott in allem, in der Seele und im Engel und auch in der Fliege. Mutter sagte: Nein. Der Pater sagte: Gehen wir zu Jesus. Er ist Mensch geworden, unser Bruder, er aß mit niedrigen Zöllnern! Das war ein einfaches Essen, sagte Mutter, und keine Kommunion. Und wenn wir im Gedenken an Jesus das Abendmahl feiern, wird aus einfachem Brot sein Leib! Die Hostie, das ist nicht irgendein Brot! Der Pater sagte, ob du nun eine Oblate isst oder ein Schwarzbrot oder Krantenbollen, bleibt sich gleich, es kommt nur auf den Segen an. Vater nickte, geweiht ist geweiht.

Jutta sah Barbara und Marie streng an und biss sich auf die Lippen. Barbara und Marie nickten. Jutta hatte einmal Mandeln als Oblaten für die Kommunion gesegnet und in Jesu Leib verwandelt. Später, als sie Rosinen segnete, hatte der Vater sie erwischt und die Messe verboten: Ihr seid keine Priester. Ein Mann muss erst studieren und geweiht werden, bevor er Priester wird. Der Vater wusste nicht, dass Jutta Barbara geweiht hatte und umgekehrt, schon waren sie in Männer und Priester verwandelt, im Namen des Vaters, des Sohnes, des Heiligen Geistes, Amen. Marie war Zeuge, war der Messdiener, der vor den Priestern kniete und sein Jojo pendeln ließ, die Weihrauchkugel.

Die drei Großen saßen wortlos am Abendbrottisch, die Jüngste sprach mit ihrem Teddy Judith. Der Pater und der Vater stritten über Päpste.

Nun wollen wir danken, sagte Mutter endlich, sie wusste, die Kinder langweilten sich.

Lehrreiche Kunst

In diesem holländischen Sommer gab es Haustage und Reisetage. Die Haustage waren für Kinder einfach, man spielte zusammen, oder jeder war mit seiner eigenen Welt befasst.

Mutter hatte alle im Auge, Vater kämpfte mit seinem Aufsatz. Er mochte lieber Reisetage.

Einmal fuhren sie an die Nordsee, tobten in den Dünen, sprangen in die Wellen, ließen sich wiegen. Eine rosaweiße Qualle sah so aus wie feinste Spitze, und Marie wollte dies schönste Tüchlein greifen, rührte es nur an und war überwältigt von Schmerz, vergiftet, verbrannt, erstochen. Sie verlor ihre Grenzen, schrie und wurde mit Wasser begossen. Sie weinte, beruhigte sich nur langsam. An diesem Tag spendierten die Eltern den Kindern zweimal Eis. Abends in Genepp briet die Mutter einen Knochenfisch, der Butt hieß und ein großes und ein kleines Auge machte.

Ein andermal fuhren sie ins Naturschutzgebiet De Hoge Veluwe. Spielplätze mit Geräten, wie die Kinder sie in Deutschland nie gesehen hatten. Im Museum von Ehepaar Kröller und Möller durften Jutta und Katrin auf das Frauenklo, denn sie hatten zwar kurze Topfhaarschnitte wie die beiden anderen, aber sie trugen Kleider. Barbara und Marie in ihren Spielhosen sollten aufs Männerklo und wollten nicht und sagten widerstrebend meisje, meisje. Draußen im Park stand ein bronzener Mann namens Monsieur Jacques. Vater gab ihm die Hand und Mutter schoss ein Foto.

Tagestouren, Holland. Wenn ihr nicht dumm erscheinen wollt, sagt ihr, die Niederlande, wiederholte der Vater zum x-ten Mal. Eine Stadt hieß Arnhem, eine andere hieß anders. Überall gab es Museen und Gotteshäuser, die er besichtigen wollte. Er hielt Vorträge und fragte ab. Kirchenfenster mussten unterschieden werden, sie waren romanisch, nicht römisch, oder sie hießen noch anders. Einfacher war es, Säulen nach ihrem Wert zu bestimmen. Man klopfte sie zur Probe an und wusste, es ist edler Marmor oder nur bemaltes Holz.

An einem heißen Tag in einer heißen Stadt führte der Vater die Familie auf einen Platz zu einem Reiterdenkmal, das nicht irgendeines von vielen war. Daneben lag ein großer Springbrunnen, in dem Erwachsene und Kinder plantschten, spritzten, schrien. Die Familie stand vor dem reglosen Pferd und dem reglosen Reiter. Vater fragte, was fällt euch daran auf?

Katrin setzte an, die Täubchen haben dem Mann –

Vater winkte ab. Was die Tauben sich erlauben, möchte ich nicht wissen. Seht euch das Pferd an! Bewegt es sich, steht es still? Galoppiert es wie die Indianerpferde oder trabt es? Muss ich euch die Würmer aus der Nase ziehen?

Die Sonne brannte.

Jutta bestimmte die Gangart, Vater nickte. Das Pferd trabt, so muss es sein, denn Stillstand vermittelt Schwäche, Bewegung dagegen Stärke. Wie viele Beine hebt das Pferd?

Eins vorn, eins hinten, sagte Jutta schnell, damit man weiterkam, zum Brunnen.

Dann steht das Denkmal also auf zwei Beinen?, fragte Vater.

Jutta und Barbara verdrehten die Augen.

Vier weniger zwei ist zwei, sagte Marie ungeduldig.

Falsch, rief Vater. Das Rechnen war richtig, aber du hast den Sinn verfehlt! Nochmal: Worauf steht das Pferd? Wir gehen erst zum Springbrunnen und essen Eis, wenn ihr das hier begriffen habt! Ihr seid keine Wickelkinder!

Das Pferd steht auf den Beinen, sagte Barbara, sie wollte loslachen, aber der Vater warf ihr einen Blick zu und sie erstarrte. Ihr seid dumm! Ihr wollt nicht sehen, ihr wollt nicht denken! Mutter, was sagst du?

Sie war damit beschäftigt, Katrin festzuhalten, die nach Tauben jagen wollte. Mutter nahm sie hoch und sagte, ich will keinen Ton mehr hören.

Vater fragte, seid ihr blind? Worauf steht das Pferd? Marie?

Sie flüsterte, auf seinen Beinen. In ihrem Mund war viele Spucke. Von oben stach die Sonne. Der Vater wischte sich den Schweiß ab. Was seid ihr nur für Dummköpfe. Fangen wir ganz einfach an. Woraus besteht ein Pferd?

Kopf, Hals, Bauch, Beine, Schweif, sagte Barbara.

Vater atmete auf. Wir kommen der Sache näher. Was seht ihr?

Die Sonne brannte. Das Schweigen drohte. Barbara kämpfte mit Tränen.

Jutta sagte, das Pferd steht auf zwei Beinen und dem Schweif. Stimme weit oben im Hals. Vater legte ihr die Hand auf den Kopf, du hast es erkannt. Du hast ein großes Lob verdient. Ihr seht hier ein massiges Ross! Es trabt mitsamt dem schweren Reiter! Könnte das Ganze wohl auf zwei Beinen stehen? Es würde umfallen! Der Erbauer des Denkmals hat mit dem Pferdeschweif eine dritte Stütze geschaffen! Diese Lösung ist schon sehr viel eleganter als die plumpen Reiterstandbilder, die ihr bisher gesehen habt. Später im Leben werdet ihr noch viele andere Denkmäler sehen und vergleichen können: Was ist Ungeschick und Unvermögen, was ist gelungen und überzeugt uns. Ihr dürft das Zählen nie vergessen. Beine, Schweife, Säulen, Baumstämme oder auch Stufen: Die Künstler lassen sich was einfallen, damit der Reiter nicht vom Pferd stürzt. Merkt euch das für den Rest des Lebens.

Die Töchter nickten für den Rest des Lebens.

Glauben und Wissen

Ich glaube an Gott, den allmächtigen Vater, Schöpfer des Himmels und der Erde, und an die Zwerge, die in manchen Wäldern wohnen. Ich glaube, dass wir niemals Tiere halten dürfen, weil wir genug Kinder sind. Aber wer oft die Treppe runterspringt, von immer höheren Stufen aus, und wer sich immer länger in der Luft hält, kann das Fliegen lernen.

Ich weiß, man kann Forsythienblüten essen und wird nicht krank. Kinder wachsen im Bauch der Mutter. Ein Männlein steht im Wald ganz still und stumm und hat von lauter Purpur ein Mäntlein um, das ist die Hagebutte. Der Uhu ist ein Nachtvogel. Hier gibt es keine Geier, nicht hier zu Hause. Ich weiß, dass mein Erlöser lebt und dass es keinen Mann im Mond gibt. Die Erde ist eine Kugel. Ohne Wasser kein Leben.

Ich glaube an Jesus Christus, Gottes eingeborenen Sohn, unsern Herrn, der empfangen ist vom Heiligen Geiste, geboren aus Maria, der Jungfrau, gelitten unter Pontius Pilatus, gekreuzigt, gestorben und begraben, abgestiegen zu der Hölle, am dritten Tage wieder auferstanden von den Toten, aufgefahren in den Himmel, sitzet zur Rechten Gottes, des allmächtigen Vaters, von dannen er kommen wird, zu richten die Lebendigen und die Toten.

Ich weiß, was Eifersucht bedeutet: Man gönnt dem anderen etwas nicht, man will an seiner Stelle sein. Der Kuckuck legt Eier in fremde Nester und wirft die Eier der wahren Eltern heraus. Schwalben sind Frühlingsboten. Habichte jagen Hühner. In den Knochen der Vögel ist Luft. Der Mensch ist ein Tier.

Ich glaube an den Heiligen Geist, die heilige katholische Kirche, die Gemeinschaft der Heiligen und an den Sandmann, der auf dem Dachboden wohnt, in der obersten Lade der Reisekiste, nachts hebt er den Deckel, steigt aus, er untersucht alle Sachen und steckt seine Nase in alles, was ihn nichts angeht. Ich glaube an den Nachlass der Sünden, die Auferstehung des Fleisches und das ewige Leben, Amen.

Ich weiß, dass unter der Kellertreppe ein Rest Kohlebriketts liegt, den keiner mehr braucht, und dass darunter eine weitere Treppe liegt und dass ich eines Tages die Briketts beiseite schaufeln werde und die Treppe weiter runtergehen muss, runter in den Keller unter dem Keller.

Ich glaube, außer Gott merkt es kein Mensch, dass jemand an die große Tonne ging. Es waren drei Katzen und drei Bären.

Ich weiß, wie man Lakritzenwasser macht. Lakritzen werden nicht aus Pferdeblut gekocht, sondern aus Süßholzwurzeln. Man unterscheidet zwischen Fleisch- und Pflanzenfressern.

Ameisen sind unter den Tieren die Hirten. Sie halten Läuseherden. Eine Laus trinkt Pflanzensaft, dann kommt die Ameise und saugt die Reste aus ihrem Hintern.

Schulbeginn

Marie konnte mit ihrem rechten Arm über den Kopf langen, ihr rechter Zeigefinger kam bis an das linke Ohr. Sie klebte die Rabattmarken von Mutter richtig ein und schrieb ein paar Wörter. Vater meldete sie fürs Kurzschuljahr an, das im Advent begann.

In diesen Tagen morgens der übliche Weg mit Mutter und Katrin zum Bauern, um Milch zu holen. Einmal gingen sie durch Schneegestöber. Sie waren dick eingemummt, trugen Gummistiefel mit Rosshaarsocken, handgestrickte Schals, Mützen und Fausthandschuhe. Sie stapften drei schöne Spuren ins Weiße.

Mutter sagte zu Marie, nun werden wir bald nicht mehr morgens miteinander plauschen können.

Marie freute sich: Bald Weihnachten, bald Schule.

Worauf freust du dich mehr?

Auf beides.

Falsche Antwort. Mund halten. Zu spät.

Mutter plauschte den Rest des Weges mit Katrin, Marie gönnte es ihr nicht.

Dann begann der erste Schultag in der Dorfkirche. Die Mütter hinten, vorne in den ersten Reihen vierunddreißig Kinder, die I-Kröttchen hießen. Marie kannte nur Monika Weiler vom Bauern, den Nachbarssohn Frank Zebner und die verbotene Frenschtochter, deren Eltern lebten getrennt. Der Pfarrer sprach und alle sangen. Die Großen aus der vierten Klasse führten ein Krippenstück auf, in dem Barbara ein wehendes Engelhemd trug, doch einer ihrer Pappflügel war abgeknickt. Nach der Kirche zogen Mütter und Kinder durch den Schnee zur Schule. Die Lehrerin hieß Fräulein Fritz und machte eine Führung. In der Aula sprach der Direktor. Dann mussten alle Erstklässler nach vorn gehen, ein Foto wurde gemacht. Zweiunddreißig winterlich vermummte Kinder, wie sie ihre Schultüten umarmen. Nur Frank und Marie hatten ihre noch nicht bekommen, die Mütter behielten sie bei sich: Ihr veranstaltet hier nicht am Anfang gleich schon Firlefanz.

Wochenlang später besah sich der Vater das Bild, er fand Marie sofort. Sie und Frank standen vor der Lehrerin, die ihnen ihre Hände auf die Schultern legte. Beide Kinder trugen Ranzen wie die anderen auch. Aber ihr beiden wirkt etwas verdattert, sagte der Vater, sah genauer hin und nickte: So fängt der Ernst des Lebens an.

Die Schule wurde alltäglich, doch es gab Höhepunkte wie den Wandertag im Frühling und im Sommer hitzefreie letzte Stunden. Bald wusste man die Namen aller Mitschüler. Alle verehrten Fräulein Fritz, die nur ganz selten einen Jungen zum Verdreschen auf die erste Bank legte oder ein Mädchen an den Haaren zog. Trotzdem machten auch Marie und Frank mit, wenn die Lehrerin verspottet wurde: Fräulein Fritze mit der spitzen Zipfelmütze.

Gespräche

Jutta: *Ilse Bilse, niemand will se. Kam der Koch, nahm sie doch, steckt sie in das Ofenloch.*

Barbara: *Wenn Ilselein nicht tanzen will, dann weiß ich, was ich tu, ich stecke sie in einen Sack und bind ihn oben zu.* Das ist ungerecht.

Jutta: *Rote Kirschen ess ich gern, schwarze noch viel lieber. Junge Herren küss ich gern, alte schlag ich nieder.* Keiner wagt es, Opa Zebner niederzuschlagen. Es wäre auch nicht gerecht, was kann er für sein Alter? Aber er spuckt beim Reden.

Barbara: Hast du schon im Ernst geküsst? Möchtest du mal?

Jutta: Sags nicht! Sags nicht! Es gibt Sünden in Gedanken, Worten, Werken. Wenn Kinder von Erwachsenen geküsst werden, richtig geküsst, dann kommen sie ins Irrenhaus nach Andernach. Man wird in Kittel gefesselt oder wohnt in einer Gummizelle.

Barbara: Tante Rose küsst nass. Ich wische es schnell heimlich ab.

Jutta: Die Lippenstiftflecke am Tassenrand!

Barbara: Sie hat gesagt, Mutter wirft Kinder.

Jutta: Das würde sie nie mit uns machen, sie liebt uns. Tante Rose ist neidisch, weil sie nur zwei Jungen hat.

Barbara: Deshalb muss sie uns doch nicht nass küssen. Wenn jemand etepetete ist, wie kann er dann nass küssen? Katrin wollte sie mal anlaufen und in die offenen Arme springen. Da kreischt sie los, mein Kostüm!

Jutta: Mein Kostüm, mein Kostüm!

Barbara: Uns verbietet sie das Schwimmbad. Aber küssen, ohne zu fragen, das kann sie.

Jutta: Manche Leute schämen sich nicht.

Barbara: Jetzt sind unsere Kinder eingeschlafen, sogar dein Lieschen. Jetzt will ich lesen.

Marie: Und was wäre, wenn das Lieschen so laut schnarcht, dass du nicht lesen kannst? Komm schon, du bist dran.

Barbara: Und was wäre, wenn ich Lieschens Mund mit Würmern stopfen würde?

Marie: Und was wäre, wenn ich dir die Ohren abschneide und eine Suppe daraus koche?

Barbara: Und was wäre, wenn ich dich im Sandkasten vergraben würde, bis kein kleinstes Stück mehr von dir rausguckt?

Marie: Und was wäre, wenn ich dich vom Kopf bis zu den Zehen in Stückchen zerschneide, jedes so klein wie ein Würfel? Sag's mir, was würdest du machen?

Barbara: Meine Teile würden aus dem Zimmer rollen in einer geordneten Reihe, wie eine Schlange.

Marie: Und wenn ihr draußen wärt, was dann?

Barbara: Wir würden uns den Tonnenberg herunterschlängeln und in die Wied reinfallen und wären weg.

Marie: Aber was wäre, wenn ein Luftballon an einer langen Schnur rechtzeitig käme? Und wenn er ein kleines Stück von euch schnappte und alle anderen Teile von dir sich anhängen würden?

Barbara: Dann würden wir fliegen, bis dem Ballon die Luft ausgeht oder er platzt.

Marie: Aber wenn du dich im Flug wieder zu einem ganzen Menschen geflickt hättest, was wäre dann?

Barbara: Dann würde ich landen und lesen. Lass mich in Frieden.

Marie: Warum willst du immer lesen?

Barbara: Darum.

Marie: Du bist dumm. Du bist dumm, daran liegt es. Darum musst du lesen, weil du dumm bist. Dumm wie ein Wickelkind.

Katrin: Hier kommt der Teddy Judith. Er hat einen neuen Schal.

Marie: Sehr schön.

Katrin: Er fragt, ob er mit Lieschen spielen darf.

Marie: Lieschen liest.

Katrin: Die beiden könnten mit dem Schal Seilspringen üben.

Marie: Lieschen liest, und damit basta!

Katrin: Judith streckt dir die Zunge raus.

Marie: Das ist in Wirklichkeit keine Zunge, das ist nur ein Fetzen Stoff.

Katrin: Aber in wirklicher Wirklichkeit ist es ein kratzender Lappen, dahinter sind fünf Reihen spitzer Zähne. Er ist ein gefährlicher Bär, besonders für Puppen. Basta Klo!

Marie: Lieschen ist in wirklicher Wirklichkeit keine einfache Puppe. Eigentlich ist sie –

Katrin: Wollen wir sie aufschneiden und nachsehen, was innen drin ist?

Marie: Dann schneide ich Judith die Zunge ab. Stell dich nicht dumm. Du weißt, woraus unsere Kinder gemacht sind.

Katrin: Aus Holzwolle und Stoffschnipseln.

Marie: Lieschen hat außerdem den Bauch voll Stachelbeeren. Roh gegessen!

Katrin: Sie spuckt und pupst. Sie muss zum Arzt. Judith *ist* ein Arzt. Er macht ihr einen Bauchwickel. Er sagt zu ihr, du bleibst für eine Woche fest im Bett. Basta Klo Sonntag!

Schulweg

Auf dem Weg zur Schule waren Marie und ihr treuer Tornister ein Hüpfen, sie rochen nach Leder, Bedeutung und Ernst des Lebens.

Also waren sie kein Hüpfen, sondern ein eiliger Marsch und manchmal ein Rennen.

Marie wollte um keinen Preis zu spät kommen.

Jutta und Barbara fuhren nicht mehr mit dem Bus, sondern der Vater nahm sie im Auto mit in die Stadt. Er erforschte die Geschichte einer Bank, die hundert Jahre alt wurde. Er tippte nachmittags und abends an der Festschrift. Marie hätte auch gern getippt, es sah leicht aus.

Auch die Schule war einfach, nur der Weg dorthin machte Schwierigkeiten.

Marie ging den Tonnenberg runter, auf der linken Seite der Straße, so wie gelernt: Ihr müsst immer gegen die Fahrtrichtung der entgegenkommenden Autos gehen! Dann seht ihr sie und könnt beizeiten aus dem Weg springen! Die links anliegenden Weiden von Bauer Weiler waren morgens noch ungefährlich. Beim Rechtsabbieger Richtung Sägewerk kniff man die Augen zusammen, beeilte sich. Denn dahinter, im Wäldchen Nodhausen, hauste ein Notmann, der Kinder besprach, bis sie mit ihm gingen. Was dann kam, erfuhr man nicht, es war Gewalt, es war das Böse. Danach zu fragen, war unvorstellbar böse.

Manchmal hastete die Wandergrete an Marie vorbei, die ewige Frau mit dem hölzernen Lächeln. Die hatte einen Dutt, der war mit langen Nadeln aufgesteckt. Sie stiefelte über die Dörfer, braun und klein und zäh, sie zog ihre Kreise rund um die Welt, ewig unhaltbar. Auch sie besprach Kinder, tat ihnen aber nichts. Keiner verstand, was sie sagte.

Einige andere Jungen und Mädchen mussten vom Tonnenberg runter zur Schule, aber jeder ging allein den Weg.

Man traf sich an der Wiedbrücke, die schmal war und wippte und schwindelig machte, wegen der tückischen Gleise, in denen die Füße stecken blieben. Früher fuhr mal ein Lastenzug rüber, hieß es, aber kein Kind hatte ihn gesehen.

Auf der anderen Flussseite lag die Schule. Über den Hof lief ein weißer Strich, der Katholiken und Evangelische trennte. Als Tonnenberger kannte man keinen der Evangelischen, die waren durch den eisernen Vorhang geflohen, bevor sie in das Nachbardorf Torney zogen.

Der Heimweg nach der Schule den Tonnenberg rauf war gefährlich. Es lag nicht am Notmann, es lag an den Kühen von Bauer Weiler. Mittags trieben sie sich auf der Weide direkt am Zaun herum. Es gab ein Gesetz, das stärker war als die Vorschrift der Eltern und Lehrer: Marie musste auf ihrer Straßenseite gehen, die jetzt rechts und falsch war. Die Sicherheit der anderen Straßenseite war für sie tabu, das wussten die Kühe, das wusste sie selbst. Alles war ruhig, noch. Ferkel trödelten auf der Weide. Die Kühe pendelten mit den Schwänzen. Sie konnten auch ihre Haut zucken lassen, wie ein leises Beben lief es über ihr Fell, gegen Fliegen. Alles war friedlich, scheinbar. Die Kühe machten ein paar schwerfällige Schritte, grasten, ließen ihre samtigen Ohren spielen. Die hätte Marie gerne angefasst. Aber neben den Ohren wuchsen ihnen harte, spitze Hörner aus den Stirnen. Die Kühe hoben die Köpfe. Plumpe Tiere. Der Bauer sagte, es sind meine Grassäcke. Das hatten sie gehört und als Beleidigung verstanden. Die Kühe glubschten. In ihren Augen war Marie ein Bauer, einer von der Gegenseite. Sie warfen ihre schweren Köpfe hin und her. Wer konnte wissen, was in diesen Schädeln vor sich ging? Vielleicht würden sie beschließen, den Zaun niederzutreten und einen vorübergehenden Menschen zu rammen, zu zertrampeln. Marie zwang sich, langsam zu gehen, Rücken gerade, Kopf hoch, Brust raus. Sie hielt keine rote Fahne, reizte sie nicht. Sie folgten ihr trotzdem und muhten ihr hinterher. Dreht euch nicht um, denn der Plumpsack geht um. Wer sich umdreht oder lacht, kriegt den Buckel blau gemacht! Brüllten die Kühe, klagten sie? Man müsste wissen, ob sie traurig waren oder hintersinnig oder zornig. Trauernde lassen sich trösten, Hintersinn ist riskant und Zorn eine große Gefahr. Die Kühe in ihrer ganzen Macht und Masse würden ein Kind spielend schaffen.

Man konnte nur beten, so wie Jesus es getan hatte: *Mir geschehe nach deinem Willen.* Aber Gott hatte ihn wie geplant geopfert. Dann hatte er ihn auferstehen lassen. Aber wenn Gott einen durchschaute? Wenn er wusste, das Gebet ist nur ein falsches Schauspiel, das ihn milde stimmen soll? Vielleicht sollte man den Mund halten, um ihn nicht aufmerksam zu machen auf ein Kind, das an dem Weidezaun vorüberging.

Schritt für Schritt den Tonnenberg hinauf, nach Hause. Wenn an der Gartenhecke ein Fahrrad mit selbstgebautem, großem Gepäckträger lehnte, wusste man, der Hausierer ist da. Er kam oft, saß in der Küche, aß Butterbrot, trank Mutters Rhabarbersaft. Sein Koffer war ein Bauchladen mit Einzelfächern. Sie waren sorgsam eingeräumt, da gab's kein Durcheinander wie in Maries Ranzen. Sie hätte gern mit dem Koffer gespielt. Es gab Gummibänder in verschiedenen Breiten, Knöpfe, Garn und Nadeln, Reißverschlüsse, Schnürsenkel, Rasierklingen und allerhand mehr. Der Hausierer und sein Koffer rochen ungelüftet und nach Schuhwichse und altem Stoff.

Mamatschi wollte von ihm neuen Tratsch hören, und er versorgte sie mit Krankheiten. Manchmal schenkte er den Kindern Rachengold-Bonbons, die auch Mamatschi gern lutschte. Immer fragte er, was man denn später einmal werden wollte. Er deutete an, dass auch ein heutiger Hausierer früher einmal etwas anderes gewesen sein konnte, Bauer zum Beispiel oder Tischler. Oder einer war vielleicht sogar einmal ein ritterlicher Gutsherr, bis die Sowjets kamen. Der Hausierer sagte, die Lebensleiter hat zwei Richtungen, rauf oder runter. Einmal muss man zu Fuß gehen, und dann wieder hat man ein Fahrrad. Wie er damit auf der Leiter aufwärts kommen wollte, war unklar, aber Mamatschi nickte und sagte: Apropos. Sie erzählte von ihrer Lungenentzündung: Mir wird bis heute blümerant, wenn ich nur daran denke. Sie hat mich weit zurückgeworfen. Mutter schmierte dem Hausierer ein Butterbrot für den Weg, und Marie ging mit ihm zur Gartenhecke, sah ihm zu, wie er den Koffer auf dem Träger seines Rads festzurrte.

Einmal fragte sie ihn nach den Weilerskühen, nach den schweren Schädeln.

Er grübelte.

Man kann niemandem in den Kopf sehen, sagte er, das ist ein altes Problem.

Zahnarzt

Mutter fuhr mit Katrin und Marie im Bus zur Stadt, zur Praxis Doktor Rungs.

Das Wartezimmer war leer. Die Türen des Behandlungszimmers waren von innen gepolstert. Man ahnte, warum: Draußen durfte keiner hören, dass drinnen Dinge geschahen.

Jutta war von Doktor Rungs mit einer Kieferklammer zurückgekommen.

Mutter sagte, bei euch beiden sieht er nur nach. Denkt an den Jungen im Buch, in dessen Mund die Trolle wohnen, Karius und Baktus. Wollt ihr, dass sie Wohnungen in euren Zähnen bauen?

Der Junge im Buch aß jeden Tag Süßigkeiten, auch in der Zeit vor Ostern, wenn andere Kinder fasten mussten. Katrin und Marie hatten sich schon beizeiten eingedeckt mit Karamellen. Beim Karneval waren sie Fliegenpilz und Sonne gewesen, hatten Bonbons gesammelt, die lagen in Maries Schul-Schublade.

Eine der großen Schwestern hatte sie bei Tante Niko verraten: Die beiden Kleinen horten Süßes! Die Tante sagte nichts zu dem Verrat, sie wunderte sich nur, woher kennt ihr denn das Wort horten? Ihr seid intelligente kleine Bestien. Doch ihre Kinder konnten beim Fußball dribbeln, so dass man nie an den Ball rankam. Die Tante gab das Geheimnis an Mutter weiter, und die forderte den Vorrat ein. Marie und Katrin lieferten zehn Karamellen ab. Die übrigen versteckten sie im Klötzesack. Vorrat für schlechte Zeiten, Krieg und Nachkrieg.

Im Wartezimmer saßen sie mit frischgeputzten Zähnen neben Mutter. Karius und Baktus hatten es gut im Mund des

Buchjungen. Sie bauten eine Wohnung in seinen Zähnen, hackten darin herum, eine Schublade voller Geröll stand schon da, sie hantierten mit Pickeln. Der Buchjunge hatte Schmerzen. Aber es tat einem leid, dass die Trolle schließlich im Ausguss des Waschbeckens weggespült wurden. Sie verschwanden in dunklen Röhren, schließlich sah man sie auf einem Floß im Meer treiben, wo sie vergeblich neue Opfer suchten.

Ein Haus im Zahn war so gut wie ein Haus im Pilz, das war ein anderes Buch.

Mutter und Katrin wurden aufgerufen. Marie setzte sich auf den Teppich am Boden, nahm aus der Spielkiste ein Klötzchen, ließ es als Auto das Muster abfahren. Das Auto war lammfromm und fuhr gehorsam links oder rechts, es hupte nicht, es war so leise wie Schnee.

Die Wandergrete hatte im Mund schwarze Stümpfe. Sie wohnte irgendwo, denn jeder musste doch ein Dach über dem Kopf haben. Sie lachte, wenn man sie traf, man sah die Stümpfe, musste die Alte aber nicht fürchten.

Maries Autoklotz fuhr ratlos über weiße geriffelte Straßen zwischen blutroten Feldern dahin. Auf schwarzgrünen Feldern gab es Reihen von roten Haken und Sicheln. Sie schnappten nach dem Auto.

Auch die Wandergrete war ein Kind gewesen. Ihre ersten Zähne hatten also wie bei allen Menschen ausgesehen wie Milchtropfen. Maries Zunge wanderte im Mund herum. Sie wartete. Sie fuhrwerkte mit ihrem Autoklotz, parkte ihn vorwärts und rückwärts ein, schob ihn über das Teppichmuster schnurgerade weiße Straßen entlang. So kamen sie bis an den Rand des Teppichs. Dahinter begann das kalte Meer, endlos und weiß und kalt von Ewigkeit zu Ewigkeit. Die Teppichfransen musste man hier nicht kämmen. Auch gab es keinen Kamm. Es gab den kleinen braven Autoklotz.

Marie streichelte den Teppich, der nichts dafür konnte, dass alles war, wie es war. Die Fenstergardine hing reglos.

Marie fragte das Auto, ob es ein zweites zu seiner Begleitung wollte. Es war ihm egal.

Die Wartezimmertür ging auf, Mutter und Katrin kamen rein, die Mutter hatte einen roten Kopf, Katrin sah weiß aus. Der Arzt kam hinterher und nahm Marie an die Hand.

Sie saß auf dem großen Behandlungsstuhl. Sie trug einen Papierlatz. Er drehte ihr den Rücken zu, klapperte mit Instrumenten, schaltete eine Lampe an. Er wandte sich ihr zu, kam näher, immer näher. Er war frisch rasiert und hatte blanke blaue Augen. Sein Gesicht so nah vor ihr, dass die Nasen sich beinahe berührten. Du reißt den Mund weit auf, sagte er ihr. Ich bin nämlich kein Zahnarzt. Ich bin Zauberer.

Seine Augen wurden immer größer.

Damit ich dich besser sehen kann.

Marie riss den Mund weit auf. Er sah hinein und stocherte mit dem Besteck, er drehte sich um, sie schloss den Mund. Er suchte sich ein anderes Gerät, es klirrte hinter ihr. Über ihr ein Schwenkarm. An den Mühlenflügeln war ein Esel festgebunden, der Müller setzte die Mühle in Gang, da flog der Esel erhängt durch die Luft. Schwenkarme konnten Kinder hochziehen, vom Stuhl hochziehen und hängen.

Doktor Rungs sagte: Und wieder aufmachen den Mund. Wieder war sein Gesicht ganz nah. Seine blanken Augen bohrten. Wenn du nicht aufmachst, wirst du nicht nur verzaubert. Du wirst dann auch noch verdroschen.

Wieder riss Marie den Mund weit auf. Er stieß und stocherte.

Im Bus nach Hause sagten Katrin und Mutter keinen Ton. Dafür plapperte Marie.

Mutter erzählte dem Vater: Katrin hat ihren Mund nicht aufgemacht. Doktor Rungs hat mit Engelszungen geredet, er hat wirklich alles mit ihr versucht.

Marie bewunderte sie und war eifersüchtig. Katrin war stärker als der Arzt. Sie hatte ihm widerstanden. Sie war noch klein, doch stärker als der Zauberer.

Die Eltern schickten Marie rauf ins Kinderzimmer, um sich mit Katrin allein zu befassen. Sie hielten eine Strafpredigt, anschließend musste sie, die noch nicht schreiben konnte, ein Entschuldigungsbild für Doktor Rungs zeichnen: Kind auf Arztstuhl mit offenem Mund.

Als sie raufkam, sah sie noch weißer aus als zuvor.

Sie sagte nichts. Auf dem Xylophon schlug sie Töne an, zweimal, dreimal, dann war es still.

Schneewittchensarg

Im Wohnzimmer stand der Radio-Plattenspieler, ein rechteckiger Kasten aus weißem Metall und Holz mit einem Plexiglasdeckel. Die Kinder saßen auf dem Sofa, ließen Plattenhüllen herumgehen und besahen die Bilder. Viele Geschichten kannten sie auswendig, sprachen und sangen mit.

Bei Zwerg Nase war Marie sich nicht mehr sicher, ob sie auf dem Sofa saß. Das Hören trennte von der Wirklichkeit. Man hatte keinen eigenen Namen mehr. Von aller Welt verlassen, hörte man, was aus dem Sarg in einen eindrang. Man war mit Zwerg Nase und den anderen Wesen auf unfassbare Zeiten in dem Haus der alten Frau gefangen. Ging als buckliger Zwerg zurück ins alte Leben und wurde nicht einmal von den Eltern erkannt. Es war gut, wenn auf dem Sofa einer der beiden Großen einen kniff oder rempelte, damit man wieder in das Hier und Heute kam.

Der Seefahrer Sindbad war ein listiger Abenteurer. Als er vor dem menschenfressenden Riesen floh, warf der mit schweren Felsbrocken nach ihm. Damit war Seite eins der Schallplatte zu Ende. Man wusste zwar, auf Seite zwei käme Sindbad glücklich davon, doch man wollte es dringend hören. Der Vater hatte es nicht eilig, nach der ersten Seite fragte er die Kinder ab, was sie verstanden hatten. In Windeseile gaben die Töchter den Inhalt wieder, um weiterhören zu können. Der Vater holte aus und sprach über Seemannsgarn einst und immer, erklärte ihnen das Wort. Die Töchter zappelten.

Der Vater, der Herr des Schneewittchensargs. Er weigerte sich, den Kindern Tante Roses Mickymäuse aufzulegen. Doch wenn die Eltern unterwegs waren, baten die Töchter Mamatschi, ihnen die quietschenden Mäuse anzustellen. Oder den Zooschlager, Schund hoch drei, ein Kinderchor sang ihn. Mamatschi konnte mit dem Plattenspieler umgehen, obwohl er auch für sie tabu war. Die Kinder schworen, nichts zu verraten, auch niemals im Beisein der Eltern das Zoolied zu singen. Dann legte Mamatschi auf. Die Kinder äfften das zuckrige Singen nach, schnitten Fratzen. *Heute, ja heute ist Hochzeitsfest im Zoo. Es heiratet ein Känguru das kleine Fräulein Lo!*

Marie sagte zu Katrin, du bist der Nesthaken. Also bist du das kleine Fräulein Lo.

Gar nicht! Katrin langte rüber und kniff Marie.

Du heiratest den Kängurumann, sagte Barbara, Pech gehabt. Er stopft sich dich rein! Du steckst zeitlebens im Beutel fest!

Da sitzen die Kinder, rief Katrin.

Jutta sagte zu Barbara und Marie, das Känguru ist der Mann. Katrin denkt wohl, ein Mann hat Kinder in seinem Bauch. Die drei Großen kreischten.

Der Beutel ist kein Bauch, rief Katrin. Ein Mann hat einen Beutel, wenn er ein Känguru ist!

Mamatschi drohte, ihr Zückerlis macht mir keine Querelen, sonst muss ich mich echauffieren! Die Kinder mochten keine Zückerlis sein. Es waren doch die Chorkinder, die Zucker sangen.

Auf der Hülle gab es kein Bild von ihnen, aber man hatte eine Vorstellung.

Jutta sagte: Sie machen einen Diener oder knicksen, wenn sie grüßen müssen. Sie tragen eine Fliege um den Hals oder Schleifen im Haar.

Bei vielen anderen Kindern war es so. Man selbst gab nur die Hand, wenn man Fremde begrüßte, und Schleifen waren nichts für Kurzhaarschnitte.

Barbara piepste: Darf ich bitten, Fräulein Lo?

Sie platzte mit den anderen los, sie waren zu viert ein einiges einziges Hohngelächter.

Jutta rief: Die Chorkinder sind Sternengel, ich bin ein Höllenteufel! Die Schwestern riefen, wir auch!

Wenn Vater zu Hause und bei Laune war, stellte er manchmal Ralf Bendix an, den Babysitter Boogie Woogie Song. Der Vater sang die Männerstimme mit, die Töchter machten den Säugling nach, am Ende jeder Strophe schluchzte oder lachte er. *Ich bin der Babysitter von der ganzen Stadt, und weiß was eins der Babys für ein Hobby hat, es singt so gern den Babysitter Boogie Woogie Song und der geht so!* Die Töchter machten Lallgeräusche.

Auf dem Plattenumschlag stand ein Baby im Gestell und zeigte in die Luft. Es hieß die kleine Elisabeth, es trug weiße Sachen.

Man hört, dass hier die Babys musikalisch sind, und viel mehr von Musik versteh'n als sonst ein Kind. Und jedes Mal, wenn ich dem Kind die Windeln bind', dann macht es so! Die Töchter brabbelten.

Auf dem Teppich neben der kleinen Elisabeth hockte Ralf Bendix, er hielt eine Gitarre.

Und wenn auch von den Babys keines mir gehört, ich lieb' das Girl, das täglich sie spazieren führt, denn beide sind so mollig, rund und wohlgenährt, und singen so! Rhabarber, riefen die Töchter.

Der Teppich auf dem Plattenumschlag sah so aus wie der im Wohnzimmer.

Mein Girl hat keinen Tag für mich alleine Zeit, zum Küssen fehlt uns meistens die Gelegenheit, weil immer dann das Baby in der Wiege schreit, und das geht so! Die Töchter wieherten wie wilde Pferde.

Ralf Bendix hatte kurze schwarze Haare, eine dunkle Brille, eine hohe Stirn, er trug ein weißes Hemd mit aufgekrempelten Ärmeln und Schlips. Er sah so aus wie Vater.

Doch wenn mal so ein Baby dir und mir gehört, werd' ich es sein, der täglich es spazieren führt, dann sing ich mit dem Babylein den Boogie Woogie Song, und der geht so! Die Kinder riefen durcheinander, Ju-hu-hu-hu-hu.

Vater und Mutter küssten sich und tranken Wein, die Töchter tanzten. Vater krempelte die Ärmel seines Hemdes hoch, er stellte die Platte von neuem an, er dirigierte seine Kinder, sein Schlips wehte mit ihm, sie wirbelten um ihn herum. Und noch einmal und noch einmal, es ging immer fort im Kreis.

Vater sah noch schöner als Ralf Bendix aus, seine Augen glänzten, er nahm einen großen Schluck Wein.

Was glaubt ihr, fragte er, was der Schneewittchensarg noch alles kann? Er verwandelt Menschenstimmen! Der Säugling wird zum Tatterich und brummt! Vater verstellte einen Regler, führte es vor, alles war dumpf und schwerfällig, die Kinder stapften über den Teppich wie über ein schweres Geröll. Sie hatten unförmige Schnauzen und Rüssel, sie knarzten so tief wie möglich.

Ich kann noch mehr, rief Vater, jetzt mache ich den Gegenzauber! Dann piepsen beide Stimmen wie die Mäuseriche! Wieder schaltete er etwas um, und alles wurde schnell und kreischend hoch, wie die verbotenen Micky-Maus-Stimmen. Hihihihihi. Der Boogie Woogie drehte sich im Kreis, es war ein schnelles schrilles Wiegen, Wogen, oben, hoch und heiß, es war so lustig und es hörte gar nicht auf, lustig zu sein, die Kinder wirbelten, es wogte, sauste, drehte, gellte, piepste, *dir und mir*, es hörte gar nicht auf, und Bendix und das Baby blitzten, hihihi, *weil immer dann* weil in der Wann' weil in dem Bann das Baby in der Biege schreit, es war so spitzig und so lustig, und es hörte gar nicht auf, Marie fing an zu weinen, Katrin sah es und weinte auch.

Das Hühnerhaus und
der Besuch von Oma Hanna

Das kleine Haus aus grob verputztem Bimsstein lag im Garten am Ende der Wiese. Die Vormieter hatten dort Federvieh gehalten. Das Hühnerhaus war dreigeteilt: In der Nische links standen Gartengeräte, Räder und der Bollerwagen. Daneben lagen zwei Geflügelstuben übereinander, sie gehörten den Kindern und ihren Kindern. Der untere Raum war zum Schlafen, der obere für Beratungen da, wenn der Geheimbund Schwarzes Auge sich traf. Nicht einmal Katrin konnte in den Kammern stehen, man kroch hinein und lagerte auf alten Decken. Selbst im Hochsommer war es kühl, es roch nach Muff und Kalk, nach Mäusedreck, nach Schatten.

Dröner, Tüschen, Lieschen und Teddy Judith gingen ins Hühnerhaus nur unter Aufsicht, allein würden sie sich fürchten. Der untere Raum wurde selten gebraucht. Zur Einrichtung des oberen Raums gehörten alte Kissen und Decken, Hanteln, eine Trommel, eine Schiefertafel mit Schwamm und Kreide und eine rotgrüne Handtuchfahne am Stock. Wenn es Anlass zum Feiern gab, wurde die Fahne von Jutta gehisst und ragte aus dem Stallfenster. In diesem Beratungszimmer gab es eine Blechdose mit Rosinen, Nüssen, Mandeln und Gartenobst je nach Jahreszeit, sie war aber meistens leer. In der Schatzschatulle wurden die Dokumente des Geheimbunds verwahrt, die Klubausweise und die Satzung und vier bunt bemalte Pingpongbälle. Sie dienten als Ersatzmänner für Notfälle, wenn man nicht kommen konnte. Es gab auch einen moosgepolsterten Karton, die Krankenabteilung, sie war nur selten belegt.

Der Klub der schwarzen Augen war gegründet worden, um gute Taten zu vollbringen. Tiere retten. Kinderschutz und Städtebau. Wüstenbegrünung, Kampf den Einbrechern und Gottesfeinden. Im Hühnerhaus wurden Pläne beschlossen und aufgeschrieben, dann rannten alle in den Garten und taten Gutes, lagen auf der Lauer, stürmten den Feinden nach oder flohen vor ihnen.

Oma Hanna war schnell auf den Beinen, schnell mit der Hand. Sie ohrfeigte und schrie und war Mutters Mutter aus Krefeld. Sie riss einem beim Kämmen Haare aus. Sie befahl einem, zerlaufenen Camembert zu essen, der roch wie der Spülschwamm. Sie sagte, Milch ist Milch, auch wenn sie eine Haut hat. Daher durfte man vom heißen Kaba nicht die Haut fischen. Die verhedderte sich an der Zunge, glitt in den Hals, kam nicht vorwärts und rückwärts. Man schluckte und schluckte.

Oma Hanna trug einen Dutt, der war vermutlich falsch, man würde gern darin herumstochern und nachprüfen. Sie hatte an der linken Hand nur Daumen und drei Finger. Den kleinen hatte sie bei Bombenangriffen im Krieg verloren, man fragte sich, wo er heute war. Man stellte sich vor, er verfaulte in einem finsteren Keller und wurde ein Knöchlein.

Die Kinder wussten, dass Mutter sonntags nicht gern am Telefon mit Oma Hanna sprach. Fasse dich kurz, hieß es, das Geld läuft in Strömen weg, aber die Oma Hanna fand kein Ende. Mutter zwirbelte an der Telefonschnur und sagte kaum etwas. Einmal machten Barbara und Jutta eine Strichliste für alle jas, dochs und hms.

Die Kinder wussten auch, Oma Hanna hatte bei der Hochzeit der Eltern geheult. Sie hatte den Vater Teufel genannt, weil sie selbst die Mutter in ihren Krallen behalten wollte, sie war der wahre Drache.

Vater nannte Mutters Mutter Oma Hans, oder den Hanszipfel oder nur Zipfel.

Mamatschi und der Zipfel gingen sich aus dem Weg.

Mamatschi wollte schon lange wieder zu ihrer Cousine nach Limburg, und die Eltern mussten nach Worms, der Vater sollte sich im Museum vorstellen. Wenn der Direktor ihn nahm, würde die Familie dorthin ziehen. Vater sagte, Worms ist etwas anderes als der Westerwald. Hier blühen die Kirschen nur alle zwei Jahre. Dort könntet ihr demnächst wie Bischöfe im Dom umherwandeln!

Die Mutter sagte, Zukunftsmusik. Vorerst seid ihr groß genug, um zwei Tage allein mit Oma Hanna zurechtzukommen.

Der Vater holte sie vom Zug ab, ließ das Auto gleich vor der Gartentür stehen, drängte zum fliegenden Wechsel. Die Erwachsenen tranken schnell Kaffee, die Kinder wurden ermahnt, geküsst und bekreuzigt, Vater rief Mamatschi und Mutter ins Auto, winkend fuhren sie weg.

Oma Hanna packte in Mamatschis Zimmer ihre Sachen aus, schenkte den Kindern ein Buch: *Fromme Geschichten für kleine Leute.* Sie dankten ihr und machten sich in den Garten davon. Barbara, der Chef des Geheimklubs, befahl: Verstreuen. So konnte Oma Hanna immer nur einen erwischen.

Katrin versteckte sich im Haselstrauch beim Sandkasten. Barbara verschwand in Richtung Hühnerhaus und Jutta sprang über den kleinen Zaun zu den Zebnersjungen in den Garten rüber. Marie schnappte sich einen der Augustäpfel im Gras und rannte zum Walnussbaum bei der Garage, stieg die Strickleiter hoch bis zum ersten sicheren Ast und kletterte weiter. Oben im Baum hielt sie Ausschau. Am hellen Tag sah man am Himmel einen Streifen Mond. Der Fiat von Herrn Frensch kam auf dem Schotterweg entlanggerollt, bog in die Straße ein, die den Tonnenberg runter führte. Oma Hanna stand am Zaun und tratschte mit der Frau Zebner. Katrin hatte wohl vergessen, dass auch sie ein schwarzes Auge war, sie spielte seelenruhig im Sandkasten. Keine

Spur von Barbara und Jutta. Aber aus dem Hühnerhaus, aus der Zentrale, kam ein leiser Flötenton, ein Kuckucksruf. Barbara pfiff gut, Marie verstand das Signal: keine Gefahr.

Auch sie selbst war sicher. Sie mampfte ihren Apfel, spähte, meldete an die Zentrale einen Kuckucksruf zurück. Keine Gefahr.

Aber dann rief Frau Zebner ihre Söhne zusammen, Jutta, dumm genug, kam mit ihnen. Sie wurde an die Oma Hanna ausgeliefert und abkommandiert. Ging zum Hühnerstall und zog den Bollerwagen raus, nach unten auf die Terrasse.

Kurz danach wurden die anderen Schwestern gefasst.

Katrin musste im Sandkasten nach verlorenen Sachen graben. Dort brauchte man immer Dinge aus dem Haus zum Spielen, selbst Eierbecher verschwanden dort. Katrin sollte schön graben und nachher schön harken.

Jutta putzte den Bollerwagen. Barbara und Marie putzten die Gartenmöbel. Die Spinnen verkrochen sich unter der Tischplatte. Oma Hanna stellte den Tisch auf den Kopf. Mit den Stühlen macht ihr es genauso! Dass ich hier keine kleinste Spinne finden muss!

Jutta fegte die äußere Treppe zum Keller. Danach sollten die Kinder alle Maulwurfshaufen plattmachen. Mit ihren Schaufeln klopften sie sanft auf die Hügel, hoben vorsichtig die Erde ab, verteilten sie, damit die Maulwürfe flüchten konnten.

Oma Hanna hatte auch was gegen Ameisen. Sie wohnten im Blumenbeet in der Erde, aber sie hatten einen Pfad, der zu der Läuseherde auf den Rosen führte. Oma Hanna wollte alle Schädlinge mit Giftwasser vernichten.

Der Klub beriet sich kurz, beschloss zu schreien, zu spritzen, zu heulen, im Weg zu stehen, und schnell wurde alles sehr laut, sehr nass.

Läuse und Ameisen kamen mit ihrem Leben davon.

Abends in den Betten beteten die Schwestern für ihre Eltern, die sollten bald wiederkommen aus Worms, die sollten sie von dem Drachen erlösen.

Am anderen Tag zwang Oma Hanna Barbara und Marie, kurzärmlige Wollpullover zu tragen, die für den Sommer viel zu heiß waren und kratzten und am Hals würgten. Zum Frühstück gab es Kaba mit Haut und klebrige Camembert-Brote. Jutta, die Mutters Stelle vertrat, half den Kleinen und stopfte sich den Käse schnell selbst in den Mund, als die Luft rein war.

Oma Hanna ging mit Eimer und Lappen von Zimmer zu Zimmer, säuberte sämtliche Kabel, am Ende auch das des Staubsaugers. Die Kinder waren draußen, jäteten Unkraut unter der Hecke, zogen es aus den Ritzen der Plattenwege.

Nachmittags saß Oma Hanna am Gartentisch, trank Kaffee und aß Teilchen mit Frau Zebner, die ribbelte alte Strümpfe auf. Die Oma hatte Mutters Nähkorb vor sich, nahm deren Handgranate, die ihr seit dem Ausbomben als Stopfei diente, und stopfte Strümpfe.

Die Schwestern hielten Abstand vom Tisch, trotz der Teilchen. Sie sollten überall die Löwenzähne ausstechen, verschonten aber die meisten.

Auf der großen Wiese an der Wäscheleine hingen frisch gewaschen alle Kissen und Decken aus dem Hühnerhaus. Beim Aufhängen hatte Oma Hanna gesagt, man muss sich schämen, diese Lumpen draußen auszustellen. In einigen Sachen, die jetzt an der Leine trockneten, waren tatsächlich Mauselöcher, Stockflecken und Risse. Man hätte diese armen Wäschestücke nicht an das Tageslicht zerren sollen. Man sollte dem Hühnerhaus seine Ruhe lassen. Oma Hanna würde gern dort eine Mausefalle aufstellen, aber sie hatte Angst vor dem Spannen. Die Falle könnte zuschnappen, ihr Daumen würde dick und rot und heiß, und Blutvergiftung und schon kommt der Schneider mit der Scher', und ab den Daumen schneidet er.

Die Eltern und Mamatschi waren schließlich wieder da. Oma Hanna bekam von der Mutter eine Flasche Badeschaum als Dank für ihre Hilfe. Mutter trug eine neue kleine Brosche. Vater zeigte Postkarten vom Dom. Oma Hanna fragte, ob das Vorstellungsgespräch in dem Museum gut verlaufen war. Die Eltern sprachen ausführlich vom Dom, Mamatschi mischte sich ein, die Kinder verschwanden im Hühnerhaus.

Es roch nach Muff, Kalk, nach Mäusedreck und Schatten. Vater ging ihnen nach, er hatte ihnen etwas mitgebracht. Worms hat nicht viel zu bieten außer dem Dom, sagte er, in Worms sitzt der Wurm. Aber hier habt ihr für den Klub der schwarzen Augen einen wundersamen Wunderblock.

Mutter fuhr Oma Hanna zum Bahnhof. Als das Auto außer Sicht war, holte Jutta die Fahne und flaggte. Die Schwestern sangen auf die Melodie von *Wachet auf, ruft uns die Stimme:*

Ab-ge-reist ist O-ma Ha-a-an-na, der Schreck der Menschen und der Tie-re.

Sie woll-te A-mei-sen tö-ten.

Ih-re Hand ist oh-ne klei-nen Fin-ger, sie ist so falsch wie Zo-o-kin-der.

Sie ist ein Dra-che aus Kre-feld.

Wohl-an, jetzt ist sie fort. Wacht auf, die Fah-ne hisst, Al-le-lu-ja!

Der Zip-fel ist ver-schwu-un-den!

Der Hans-Zip-fel ist end-lich weg!

Einfache und schwere Übungen

Hans Suse Rolf Sonne Brot Wurst Hut Stock Mama Igel Maus Hase Reh. Diese ersten Wörter aus der Fibel schnurrte Marie herunter wie Glaubensbekenntnis und Vaterunser.

Ihre Klasse hatte Tafeln und das erste Buch schon hinter sich, es gab längst neue I-Kröttchen. Im Raum von Fräulein Fritz hatten Frank und Marie noch immer ihre Plätze für die Kleinsten in der ersten Reihe, er auf der Jungenseite, sie bei den Mädchen. Auf der Ablage der Tafel lag der Bambusstock.

Marie wollte es mit dem Lernen gut machen, der Lehrerin zuliebe.

Dann gab es irgendwann eine Sechs im Diktat. Tränen auf dem Heimweg und zu Hause in der Küche. Auch Jutta weinte. Sie war mit ihrem ersten blauen Brief aus dem Gymnasium gekommen, wegen Physik und Chemie. An diesem Tag half Vater nach dem Mittagessen in der Küche. Mutter wusch das Geschirr, er trocknete ab, die beiden Töchter standen am Fenster. Wenn etwas schlimm war, hockte man nicht am Küchentisch.

Die Mutter sagte, Versetzung gefährdet und eine sechs im Diktat. Einige Leute bilden sich. Andere sind dumm und bleiben zurück. Die werden später Müllmann oder Klofrau.

Der Vater war neuerdings Lehrer, er gab Unterricht an der Berufsschule. Das war eine einfache Übung für ihn, aber sein Vorgesetzter kontrollierte, unterbrach und korrigierte. Vater sagte, er zerstückelt mir mit Vorsatz meine großen Linien. Minutenschritte! Teilziel! Teilzielwiederholung! Teilzielwiederholungswahnsinn!

Die Mutter versuchte, ihn zu beruhigen. In ihrem Haushaltsbuch standen jetzt feste schwarze Zahlen neben den festen roten. Aber der Vater krümmte sich am Frühstückstisch, sein Buckel schien vor Furcht zu wachsen. Vielleicht fürchtete auch Fräulein Fritz ihren Direktor. Vielleicht krümmte auch sie sich morgens am Tisch, würgte an ihrem Frühstückstee wie der Vater, trank einen zittrigen Schluck, sprang auf, lief würgend aus dem Zimmer.

Aber beide waren nicht zurückgeblieben wie andere Leute. Müllmänner bekamen Schnaps und alte Weihnachtsplätzchen zu Neujahr. Klofrauen saßen in den Kachelkellern von Burgen und Schlössern und strickten.

Marie und Jutta weinten. Juttas blauer Brief war vom Direktor höchstpersönlich unterschrieben. Vater tröstete: Direktoren spielen nur Theater. Thealatranten! In Wahrheit sind sie dumme Bürokraten, Paragraphenreiter. Erbsenzähler, Korinthenkacker!

Mutter fragte, sollen deine Töchter von dir lernen, Freigeisterei zahlt sich aus? Sollen sie später auch jahrelang in den roten Zahlen stecken?

Vater warf das Handtuch weg: Wir stehen im Schwarz! Ich ernähre die Familie!

Die Mutter sagte, entschuldige bitte.

Er nahm das Handtuch wieder auf und sagte zu Jutta, auch Mädchen können Naturwissenschaften begreifen, aber niemand soll dich damit triezen. Das A und O ist am Ende doch die Geschichte. Er sah sich Maries Diktat an. Die Sechs waren sechs Fehler. Er versicherte ihr, das Leben geht weiter.

Im Handarbeitsunterricht folgten auf Luftmaschen feste Maschen, dann Stäbchen.

Marie war mit einem Muff für die Puppe Lieschen beschäftigt. Feuchte Hände, Schwitzfaden, zerspleißtes Garn. Fräulein Fritz zog alles auf, weil alles schief war, und nahm neue Maschen auf. Ulrike Schuddeck war schon längst bei ihrem ersten Topflappen, da steckte Marie noch im Muff.

Fräulein Fritz hob ihren Zeigefinger: Zu Montag hast du deine Arbeit fertig.

Samstagnachmittag kam Maries Patentante Agnes aus Köln. Sie war alleinstehende Sekretärin, hatte sich vom selbstverdienten Geld einen Käfer geleistet und führte ihn vor. Sie schenkte der Mutter eine Flasche Badeschaum, dem Vater eine Flasche Wein, den Kindern Schokolade. Marie legte ihre Tafel auf die Anrichte im Esszimmer. Sie kämmte die Fransen des Teppichs, obwohl das Katrins Aufgabe war. Sie fegte freiwillig den Gartenweg. Stand am Gartentisch bei Mutter und Tante Agnes herum. Aus ihrer Rocktasche ragte das Häkelzeug sichtbar hervor, aber die Mutter sagte nur, du beulst die Taschen aus. Dein Muff häkelt sich nicht von selbst. Wenn ich dir deine Arbeit abnehme, lernst du es nie. Du willst doch wohl nicht wegen einer guten Note deine Lehrerin betrügen! Ich dachte doch, du hast dein Fräulein Fritz so lieb wie keinen anderen? Setz dich hin und mach den Muff fertig.

Wespen summten auf dem Kirschstreusel. Jutta kam vorbei und durfte ein Kuchenstück auf die Hand mitnehmen. Marie stöhnte und rieb sich den Bauch. Jutta sagte: Du hast bestimmt die ganze Schokolade aufgefressen. Noch gar nicht angefangen, ächzte Marie. Tante und Mutter hörten nichts. Marie fing an, die Stirn zu reiben, bis sie heiß war. Barbara rannte vorbei, gab ihr mit dem Federballschläger einen aufs Dach. Marie duldete schweigend.

Wespen summten über dem Kuchen. Sie fuchtelte mit ihrer Häkelnadel. Wenn eine der Wespen sie in den Finger stechen würde. Wenn es dann eine Beule gäbe, eine heiße gelbe eitrige Beule. Dann bekäme sie einen Verband, sie könnte nicht handarbeiten. Lass die Wespen in Ruhe, sagte die Tante, sie blies Zigarettenrauch dagegen an. Die Häkelnadel war klebrig, Marie lutschte sie sauber. Wenn eine Wespe auf ihr gesessen hätte, wäre sie jetzt schon in ihrem

Mund. Sie würde versuchen, die Wespe herunterzuschlucken. Vor Wut und Angst würde die Wespe im Hals brummend und summend um sich stechen. Die Stiche würden anschwellen, dann würde es eng mit der Luft, dann würde Marie blau und rot, dann käme ein Auto mit Blaulicht, Sirenen, es würde zur Stadt ins Krankenhaus rasen. Drei Tage lang würden die Ärzte kämpfen, es käme bis zum Punkt, an dem sich entscheidet, Tod oder Leben. Alle stehen um das Bett herum, das Bett ist weiß und kalt, alle ringen die Hände, Marie ringt ums Leben, Mutter bereut bitter, endlich kommt auch Fräulein Fritz, sie trägt ihr schönstes Kostüm und faltet zum Gebet die Hände, *Hans Suse Rolf Sonne Brot Wurst Hut Stock Mama Igel Maus Hase Reh*, aber der Himmel bleibt verschlossen, der Atem wird schwächer.

Marie fängt gleich an zu heulen, sagte die Mutter. Die quengelt schon, seit ich hier bin, sagte Tante Agnes. Diese Knatschtante verdirbt mir noch das ganze Wochenende. Ist das mein liebes Patenkind? Nun zeig mir deinen Muff. Das ist doch nicht so schwer. Einstechen, Faden holen, Faden durch die Masche ziehen, jetzt du. Sie führte Maries Finger. Du erbarmst dich auch immer, sagte Mutter. Dann erbarmte sie sich selbst.

Im Vaterland

Leise ging Marie ins Wohnzimmer. Auf dem Sofa lag der Vater, streng verschlossen. Gerunzelte Stirn, zusammengekniffene Lider. Durch seinen Bauch bewegte sich das Mittagessen. Sie stand still und hörte es und sah ihn lange an. Allmählich glättete sich seine Stirne, seine Augenlider lagen nun ruhig. So war es gut. Da breitete sie ihre Stummelflügel aus und schwirrte als Vogel herum. Der Raum wurde größer. Sie flog dahin. Endlich lag unter ihr das Vaterland. Dort ließ sie sich auf seinem heiligen Schreibtisch nieder. Wippte stolz mit ihren Schwanzfedern. Dann schritt sie auf und ab und untersuchte alles, was ihr sonst verboten war. Wieder konnte sie ihre Erscheinungsform und Größe selbst bestimmen. Mit Menschenhänden porkelte sie an dem flockigen Schaumgummi der Unterseite der Schreibunterlage, sie sagte porkeln, porkeln, obwohl die Kinder Hochdeutsch sprechen sollten. Vater wollte nicht, dass sie das schlechte rheinische Geseire von Mamatschi aufschnappten, das sie zusätzlich mit Französisch garnierte, eine Albernheit höchsten Grades. Marie fand, es klang gut. Auf der Briefwaage wog sie Kulis und einen Spitzer ab. Tante Bert hatte dem Vater eine japanische Yen-Münze geschenkt, sie hatte ein Loch in der Mitte, Marie ließ sie rollen. Sie öffnete die Schreibmappe aus Leder, in der verwahrte Vater Briefmarken in einem geheimen Fach. Davon zupfte sie eine ab und schaute sich den Präsidenten an. Mutter mochte ihn, seitdem er mal gesagt hatte: Ich liebe nicht das Vaterland, ich liebe meine Frau. Seitdem hatte der Vater Schwierigkeiten mit dem Präsidenten. Marie steckte die Marke unters Gefieder, dann hüpfte sie weiter. Sie mied das Schwert, den Brieföffner. Auf der Schreibmaschine hatte sie Däumlingsgestalt und war doch zu leicht, die Tasten durch ihr Gewicht herunterzudrücken. Wirkungslos sprang sie von einem Buchstaben zum anderen und konnte keine Botschaft schreiben. Es wäre auch nicht gut, den Vater zu wecken. Aber das Klingeln der Maschine am Ende der Zeilen hätte sie gerne gehört. Es war schön, wenn Vater hackte, klingelte und hackte. Jutta hackte neuerdings auf Ebenholz und Elfenbein auf dem Klavier herum. Wenn sie einen hier sähe, würde sie einen flüsternd ermahnen, wir dürfen nicht an den Schreibtisch! Marie lief als Ameise weiter im Vaterland umher, zu Gutenbergs Gummistift, der Klebstoffflasche mit dem rotgoldenen Etikett. Farben für einen Königssohn. Sie bekam eine angemessene Größe, dazu Menschenhände. Damit schraubte sie die Metallkappe ab, die taugte manchmal als Pfeife. Marie blieb leise. Der Verschlussring klebte. Nie konnte sie es lassen, an dem Verstreicher des Prinzen herumzupiddeln, die Zunge zu lutschen, zu beißen. Sie sagte zu dem Prinzen und zu sich selbst: Alte Nuckelschnauzen. Sagte: Porkeln, Piddeln, Mömmes! Man piddelt nicht am Mückenstich, man porkelt nicht am Schorf, man popelt nicht in der Nase, und den Mömmes aus seiner Nase isst man schon gar nicht. Maries Königsohn von Klebstofflasche schmatzte, als sie ihn zum Abschied küsste.

Sie schlenderte weiter, und der Schreibtisch war ihr großes, ganzes, gutes Land.

Auf dem Sofa lag der Vater, schnarchend.

Sein Radiergummi war wieder speckig schwarz. Katrin durfte ihn manchmal baden, in lauwarmem Seifenwasser. Jedes Alter hat seine Arbeit, sagte Mamatschi, wenn Jutta und Barbara ihre Nadeln einfädeln mussten. Marie wechselte gern das Alter. Als Oma trug sie eine Handtasche mit Knips-Verschluss und Stock und Hütchen. Als Vater setzte sie die schwarze Baskenmütze von ihm auf und hackte auf ihrem Griffelkasten, der aber nicht klingeln konnte. Als dritte Tochter war es ihre Arbeit, den Locher zu leeren, vorsichtig, ohne damit zu schneien. Sie bestempelte Vaters Briefumschläge und lernte unter seiner Aufsicht, Karteikarten alphabetisch einzuordnen, machte noch viele Fehler. Die Ausländernamen ersparte er ihr sowieso. Rheinisches Geseire war Inland. Sie nahm eine Karteikarte zur Hand, doch ihr fehlte die Zitronentinte, um eine unsichtbare Nachricht für alle künftigen Erben zu schreiben. Das Vaterland kam noch vom Großvater, es sollte später an die Kinder weitergehen und an alle, die da folgen würden. Vater sprach gern von den Vorfahren und von den Nachkommen, von der langen Reihe der Menschheit seit Adam und Eva.

Geruhsam strich Marie durch die Gegend, durch ihr Land, sie hütete den Vaterschlaf und schob auf seinem Tisch den Roller mit Löschpapier vor und zurück. Naschte von den Salmiakpastillen, die in einem Schälchen bei der schwarzen Lampe lagen.

Die drei Schwestern kamen, so waren sie vier grüne Raupen, schlängelten munter dahin, sie hatten ihre Mäuler voll Salmiakpastillen, als in der Ferne die Drohung auftauchte. Sie hieß der steinerne Gast. Der hatte mit Mutters ältestem Bruder in Hamburg zu tun. Die beiden Familien waren im Stadtpark gewesen, als in der Dämmerung die Sternwarte aufragte, der düstere Turm, die Drohung. Zu Hause erschien am Schreibtischhorizont der Verwandte des Turms, das Tintenfass des Vaters. Erst war es nur ein Klotz. Dann wuchs es zum Turm mit Gesicht. Es wurde zum steinernen Gast, der erwartete oder besuchte gottlose Menschen.

Die Kinder kannten ihn von fern, er sang auf einer Schallplatte. Vater und Mutter hörten abends immer wieder ein großes Orchester, mächtige Chöre, schallende einzelne Sänger. Sie saßen vor dem Sarg und waren weit fort. Wenn man nicht schlafen konnte, schlich man zu den Eltern, saß bei ihnen, hörte vom bestraften Wüstling Don Giovanni. Er war voll Liebe, so wie Gott, und doch war er das Gegenteil von Gott. So wurde er vom steinernen Gast zur Hölle geschickt. Auch der Sohn Gottes war drei Tage tot, aber er wurde auferweckt, es blieb sein leeres Grab. Man musste unterscheiden: Sarg war Sarg, steinerner Gast war steinerner Gast, leeres Grab war leeres Grab und Tintenfass war Tintenfass.

Es stand auf Vaters Schreibtisch. Die grünen Raupen fürchteten sich sehr und wollten Abstand zu ihm halten, aber es hatte Kräfte, solches Gewürm wie sie magisch anzuziehen. Lasset die Kindlein zu mir kommen, sprach das Tintenfass des Vaters. Es war ein mächtiger Magnet.

Massig und finster lag es da. Es lauerte auf Beute.

Niemand zwingt uns, hinzugehen, sagte die älteste Schwester und kehrte um. Die jüngste Schwester lief hinter ihr her.

So mussten die zwei Mittleren allein zurechtkommen.

Sie nahmen sich bei den Händen, weil sie von Raupen zu Menschen geworden waren, und näherten sich der Drohung, denn so wollte es das Steinfass und so stand es geschrieben.

Im Vaterland lag die ovale schwarzmarmorierte Platte, darauf das rechteckige Tintenfass als Turm und davor eine Rinne, sie war für Federn und fürs Blut der Opfer bestimmt.

Im Tintenfass war kohlpechrabenschwarzes Blut. Man musste davon trinken oder wurde selbst geopfert und zu Saft gepresst. Tintenschrift war unauslöschbar, im Gegensatz zur Zitronenschrift, mit der man geheime Botschaften malte und schrieb. Das Fass war der Turm war der steinerne Gast. Der war zuerst ein Mensch, er wurde vom Wüstling Don Giovanni ermordet, danach war er wie das Lamm allmächtig und stieß den Wüstling aus Rache zur Hölle. Das Fass war der Eingang dorthin. Man war dort in der Hölle tot und brannte gleichzeitig und litt bei lebendigem Leib. Die schwarze Lampe beleuchtete alles.

Bevor der Vater Geschichten erzählte, fragte er, wollt ihr etwas vom guten Ritter hören oder was vom bösen Wüstling? Die Kinder wählten das Böse. Es hatte mit der Erbsünde zu tun, die auch durchs Taufen nicht ungeschehen zu machen war.

Jetzt standen die zwei Mittleren alleine da, Barbara und Marie Hand in Hand, und mussten die Folgen tragen.

Also stirbt, wer Böses tat!
Wie im Leben, so im Tode
Erntest du nach deiner Saat.

So hieß es im Schneewittchensarg bei Nacht. Es gab den Sämann, und die Saat ging auf, dann kam der Schnitter. Das Tintenfass sog das Gewürm näher zu sich heran und ließ es zittern.

Marie fragte die Schwester, können wir nicht machen, dass es gut ausgeht?

Barbara wusste nicht genau, wie man es machen musste. Mit Knien und mit Anbeten wie in der Kirche war es hier nicht getan. Auch Don Giovanni hatte nicht bereut, weil er ein starkes Herz hatte. Die Schwestern strafften sich. Sie spannten ihre Willenskräfte an. Barbara sprach die Verwandlungsworte: Hoc est enim corpus meum. Da flossen beiden neue Kräfte zu, sie nahmen eine einzige Gestalt an und wurden zu einem Rabenvogel. Das Tintenfass schrumpfte vom Turm zu einem Klotz, doch sein Deckel hob sich, Rauch quoll heraus, und der Wolke entstieg der steinerne Gast. Aus dem schwerfälligen Steinemann wurde ein schwarzer Hahn, sein Kamm geschwollen, die Federn gesträubt. Der Rabe griff an. Ein wilder Kampf entbrannte. Die schwarze Lampe ging an und aus und schleuderte Blitze. Tinte spritzte, es hagelte Schnabelhiebe und Sporenschläge, Federn stoben, die Luft war voll Kreischen und Schreien. Schließlich floh der Hahn, und der Rabe befreite die vielen gefangenen Kanarienküken, die in dem Fass verschmachten sollten. Alle tanzten zusammen unter dem Regen tropfender Tinte und lobten Gott. Dann sprachen Barbara und Marie die heilige

Formel, die sie aus einem Raben wieder zu zwei Menschen machte.

Vater wachte vom eigenen Schnarchen auf. Barbara und Marie waren leise gewesen.

Habt ihr die Finger von meinem Schreibtisch gelassen, fragte er, sie nickten.

Da zog er sie zu sich heran und roch an ihnen.

Ihr habt gelogen und ihr habt gestohlen, sagte er, ihr wart an meinen Salmiakpastillen. Das müsst ihr büßen.

Die Schwestern bereuten.

Da ließ er Gnade vor Recht ergehen.

In Mutters Stube

In die Kammer auf dem Dachboden passten der Nähtisch, ein Stuhl, ein Besenschrank und ein Bord mit drei Fächern. Der Raum hatte eine Schrägwand mit eingelassenem Fenster, das stand fast immer auf Kipp. Mutter nähte aus geschenkten Stoffen Röcke, Blusen, Spielhosen, Schürzen, Gardinen, Bademäntel. Sie änderte geerbte Kleider.

In ihrer Nähstube plauschte sie oft mit sich selbst, plätscherte vor sich hin. Hier kann man noch den Saum rauslassen, sagte sie. Und wenn ich nun hier zwei Abnäher reinpfriemeln würde, dann dürfte die Bluse mir passen. Mutter setzte Flicken auf das Bettzeug und auf die zerspielten Hosen der Kinder. Sie musterte ein graues Kleid, das Tante Nikos Tochter getragen hatte. Sie sagte abfällig: Kreuzbrav. Was wollen wir mit einem grauen Kleid für Kinder? Aber vielleicht kann ich es aufpeppen. Ich setze Bordüren an, in fröhlichen Farben.

Mutter sprach mit sich selbst oder mit Tante Niko, führte unverständliche Fachgespräche. Schöne fremde Wörter. Paspeln, Raupe, Hexenstich und Gimpe. Mutter schrieb den Stoffen Eigenschaften zu. Loden war unverwüstlich. Es gab patenten Popeline, romantischen Tüll, gemütlichen Frottee, kuschligen Flanell. Es gab gediegenen Cord, von dem sie zu sich selbst sagte: Trägt heutzutage kein Mensch, aber er kommt doch wieder wie das Amen in der Kirche. Es gab die Rohseide, die etepetete war, schwer zu nähen. Laut Mutter wäre es Sünde und Schande, so etwas umkommen zu lassen. Außerdem war diese Seide ein geschenkter Gaul von Tante Rose, die allerdings vom Nähen keine Ahnung hatte. Tante Niko war anders, praktisch. Sie nahm sich einen Stuhl aus der Rumpelkammer, stellte ihn über die Nähstubenschwelle, studierte Burdahefte und beriet die Mutter.

Der Vater war fast nie hier oben. Marie mochte das große Vaterland, sie flog so gern darüber hin. In Mutters kleinem Land saß sie zu deren Füßen.

Mit dem langen Maßband um den Hals und ihrer Nähbrille sah Mutter so aus wie ein Forscher. Sie ärgerte sich: Jetzt muss ich wieder meinen Unterfaden wechseln! Sie hantierte an der Maschine, mit Garn und Spulen, sie ratterte weiter. Oft hatte sie den Mund voll Stecknadeln, sprach trotzdem, undeutlich. Den Kindern war es verboten, Nadeln in den Mund zu nehmen, sie sollten mit vollem Mund auch nicht sprechen.

Auf dem Boden in der Stube lagen Fadenreste, Flusen, Knöpfe, Stoffschnipsel und Nadeln. Mutter reichte Marie zwei fingerlange walzenförmige Magneten herunter. Marie nannte den kleineren der beiden Jesus, wickelte ihn in eine gemütliche Windel aus Frottee und legte ihn ins Bord zum Schlafen. Der größere Magnet namens Maria war zur Arbeit da. Sie war die Magd des Herrn, und als Marie sollte man ihrem Vorbild nachstreben. Marie wusste, dass sie und Barbara niemals Propheten würden, dabei hatten die Eltern bei ihren mittleren Töchtern fest mit Söhnen gerechnet. Die Mittleren waren etwas verfehlt, aber auch wieder so gewollt von Gott. Verfehlt und gewollt. Vater und Mutter nahmen Gottes Geschenke, wie er sie gab. Sie machten das Beste aus allem. Sie liebten ihre vier Töchter von ganzem Herzen.

Manchmal ging Marie wegen des Mutterherzens in die Nähstube. Denn Mutter sollte wissen, dass sie zurückgeliebt wurde. Marie diente zuerst am Boden. Sie warf wertlose Reste in den Abfallkorb. Größere Flicken wurden glattgestrichen, kamen in verschiedene Kisten ins Bord.

Aus manchen Fetzen wurden Tatzen für Dröner, Tüschen und Judith, und Lieschen bekam einmal eine Stola. Marie sortierte Lappen. Dann kam der Magnet Maria zum Einsatz. Er wurde Schwan-kleb-an, er zog die Nadeln auf dem Boden an. Stecknadeln gehörten auf den grünen Stoffigel, ein Geschenk von Jutta für Mutter, selbst gemacht. Alle anderen Nadeln steckte Marie der Größe nach in ein Stoffheft mit Kreuzstichmuster, selbst gemacht von Barbara für Mutter. Wenn alle Nadeln aufgelesen waren, ging die heilige Maria ins Bord und kümmerte sich um Jesus.

Marie stand auf und öffnete den Besenschrank. Unhörbar für die Mutter grüßte sie den fremdländischen Götzen Mopp. Sah zu ihm auf. Seine graue Mähne hatte bis eben gelodert, urplötzlich, als sie seinen Tempel öffnete, war sie erstarrt. Die metallischen Knopfaugen starrten ins Leere und Ferne. Der Mopp war kein Christenmensch, sondern Heide. Sein Maul war ein Riss und manchmal ein Schnabel. Marie holte ihn aus dem dunklen Schrank ans Tageslicht und moppte den Boden, moppte auch Mutters Pantoffelfüße und ihre Beine. Die Mutter hörte auf, ihre Nähte zu rattern. Für eine kurze Zeit hielt sie ganz still. Dann sagte sie, jetzt ist's genug. Marie ging raus, sie öffnete das Flurfenster und schüttelte den Mopp, dass seine Mähne nur so flog. Beiden wurde schwindelig. Eines Tages würde ein Zeichen vom Himmel kommen, dann flögen sie zusammen fort. Vorerst kehrten sie zurück in Mutters Stube, Marie stellte den Mopp zurück, verbeugte sich vor der Fransenmähne.

Dann saß sie wieder am Boden, nahm sich die Mode-Zeitschriften aus dem Bord. Jede Ausgabe trug obenauf das Bild einer Frau ohne Alter. So nannte Mutter sie, etwas herablassend. Keine Frau ohne Alter war jemals geboren worden oder war ein Kind gewesen. Keine sah jung aus, so wie Tante Niko. Die Burdafrauen waren auch nicht alt wie Mamatschi, sie würden wohl nie sterben. Mutter nähte zwar nach ihren Vorbildern, doch sie hatte ein Alter. Vor allem, wenn sie abends müde war. Zerraufte Frisur, fleckige Schürze, geschwollene Beine und Füße, aber sie kam zu den Töchtern. Die Modefrauen sahen nicht so aus, als würden sie Kinder ins Bett bringen. Oder als dürfte man sie anlaufen, in ihre offenen Arme springen. Vermutlich schrien sie nie ein Kind an oder verdroschen es. Sie trugen Pumps, keine Pantoffeln. Sie waren toupiert. Das heißt: Die Haare saßen wie ein Helm. Wenn Mutter vom Friseur kam, sah sie behelmt aus, nach Frau ohne Alter. Aber das hielt nicht lange an.

Die Burdafrauen lächelten, wie nur ein Mensch ohne Alter das konnte. Ihr Lächeln sagte deutlich: Ein Frauenherz ist kein Mutterherz.

Weil Mutter ein Herz hatte, auch für Marie, gab sie ihr leere Garnspulen aus Holz und Metall zum Spielen. Sie wurden zu Autos und feurigen Pferden. Auch Babel und Onkelchen wechselten ihre Gestalt, hier oben unterm Dach waren sie Spulen. Aber sie versagten oft, sie liefen rund. Wenn Marie zu laut mit ihnen kämpfte, sagte Mutter: Markier hier nicht den starken Mann. Das Schlachtfeld in der Nähstube war klein. Die Spulen gaben ihr Bestes, während die Burdafrauen still standen, so ungerührt wie Denkmäler.

Bei Mutter war alles Bewegung, Geräusch und Gespräch. Wie sie haspelte und fädelte und heftete und aufpeppte. Wie sie Säume ausließ und das Fußpedal bediente, wie sie kurbelte und stöhnte, wendete und zupfte, schnitt und sprach. Nicht vergessen, das Nähfüßchen auszuwechseln, bevor's an die Paspeln geht, ermahnte sie sich.

Die Maschine sang. Und dazu plätscherte das Mutterherz. Manchmal sprudelte es auch und machte wilde Sprünge. Scheibenkleister! Jetzt ist mir schon wieder der Faden gerissen. Der olle Mistrock soll mich mal. Ich pfeffer dich gleich in die Ecke! Und Tante Rose kann mich am Abend besuchen!

Onkelchen und Babel hielten sich zurück und fuhren der Mutter nicht zwischen die Füße.

Gut war es, wenn der Fingerhut aus Stahl schon unten bei Marie war. Denn dann hielt die Vernunft Einzug. Der hutgekrönte Daumen war der Vater. Er nickte majestätisch zu vier Finger-Töchtern. Versprach ihnen Prinzen aus aller Herren Länder. Die Töchter wollten keine Drosselbärte, also gab der Vater seine Krone an sie weiter. Aber die Fingertöchter waren alle noch zu klein. Wer von ihnen den stählernen Hut auch trug, dem fiel er vom Kopf. So musste Vater seine Bürde weiter ganz alleine tragen. Marie schickte ihm zur Verstärkung die Magneten, das Jesulein und Maria. Die beiden waren ein vereinter Leib, sie klebten aneinander, schnappten nach dem Vater. Mit ihren magnetischen Kräften waren sie stärker als er und banden ihn an sich. So entstand die heilige Familie.

Während in der Nähstube am Boden also die Ordnung siegte, beruhigte sich auch das Wetter oben wieder. Marie und die Mutter, jede an ihrem Platz. Sie pfriemelten und plätscherten und plauschten vor sich hin.

Fürs Leben lernen

Religionsstunden waren schwül, denn Fräulein Fritz hatte das Lieblingsthema Leiden Christi.

Er ging uns voran in den Tod, er geht uns voran in die Auferstehung, das wusste jedes Kind. Aber die Lehrerin errötete und fing zu stöhnen an, wenn sie von Geißeln, Dornen und Nägeln sprach, vom Spott und Hohn der Soldaten, vom Bösen und der Gewalt im Menschen. Die Kinder duckten sich und schämten sich.

Musikstunden: Fräulein Fritz sang immer bei den Schwächsten mit und fuchtelte, damit sie das Tempo hielten.

Turnen: Hüpfen, Springen, Klettern, Rennen, Schwitzen, Strahlen, Jubeln.

Zeichnen: einmal ein langweiliger Blumenstrauß.

Schönschreiben: nur samstags in der letzten Stunde. Es gab ein Extraheft mit vielen Linien für die Sütterlinschrift. Vater sagte, das ist eine Strafarbeit für Leute hinterm Mond. Marie mochte die vornehm-spitzen Buchstaben, lernte aber nie flüssig schreiben.

Rechnen: Das Einmaleins und das Teilen im Zahlenraum bis hundert.

Lesen, Diktate, Aufsätze schreiben. Auswendiglernen. Einmal ein Gedicht, das Fräulein Fritz besonders wichtig war: Am Sonntag sagt ihr es den Muttis auf.

Liebe Mutter, im Gedicht will ich es dir sagen:
Brav und artig war ich nicht an so manchen Tagen.
Aber bessern will ich mich. Und zum Muttertage
sollst du wissen, dass ich dich herzlich gerne habe.

Das klang nach Zookindern und Fräulein Lo, und Marie

schämte sich beim Aufsagen. Mutter riet ihr: Vergiss das Gedicht.

Die Eltern mochten vieles nicht, was ihre Kinder in der Schule lernten.

Vater hörte sich das Lied vom schönen Westerwald an, über dessen Höhen kalt der Wind pfeift. Er fragte abfällig, ahnt ihr vielleicht, was Sturm auf See bedeutet? Wenn ihr den Westerwald loben wollt, singt lieber: Hier in diesem schönen Land beißen sich selbst die Schweine um ein Fleckchen Sonnenschein!

Auch das Haselnusslied gefiel ihm nicht. Die Großen aus der Hauptschule sangen es auf dem Hof, sie tanzten einen Marsch dazu, und Fräulein Fritz, die Pausenaufsicht hatte, sang mit ihnen. Holdrio und Duwieduwiedu und Holdria. Es war die Haselnuss schwarzbraun, es war ein Junge so wie sie, sein Mädel musste auch so sein. Marie begriff nicht, warum das Mädchen auch wie er sein musste. Was denn, wenn es vielleicht wollte, aber nicht konnte?

Vater knurrte, zäher brauner Dreck. Blubobrausi-Wahn. Die Kinder verstanden: Blubobrausi war ein Schimpfwort, wahrscheinlich bedeutete es, einer schlägt Schaum. Angeberei und nichts dahinter. Sie sprachen das Wort mit Schwung aus, so wie Popocatépetl. Jutta hatte diesen Bergnamen in Erdkunde gelernt, als ihre Klasse Amerika durchnahm.

In der Dorfschule gab es Heimatkunde: Vater Rhein und seine Töchter Sieg, Wied, Sayn, Lahn. Unsere Bodenschätze: Schiefer für die Dächer, Ton für Töpfe, Erz für Eisen. Schwerer Basalt und leichter Bimsstein. Der Wald schenkt uns Holz und Wild. Die Römer schenkten uns die Reben.

In den Handarbeitsstunden mussten die Mädchen wochenlang stricken. Die Nadeln klebten, waren lange Dornen. Marie stach in die Wolle, suchte Maschen und verlor sie, fischte Fäden, zerrte an ihnen, verhedderte sich. Fräulein Fritz erzählte das Märchen von der armen Mutter und dem

Kätzchen, das sie aufnahm, das ihr Nadeln dafür schenkte. Und was geschah bei Nacht? Die Nadeln strickten jede Nacht Strümpfe, so dass die arme Mutter sie verkaufen und ihre Kinder großziehen konnte! Wer hatte im wirklichen Leben schon Zaubernadeln? Aber Fräulein Fritz sagte, Stricken ist keine Hexerei. Marie beneidete die Jungen, die werken durften. Man hörte sie im Raum nebenan, sie polterten und sprangen. Fräulein Fritz erzählte zur Warnung und zum Vergnügen die Geschichte von Hans Huckebein, der schwarzen Seele. Er lauerte in einem Topf. Er zerrte voll roher Lust und Tücke an der Tante künstlichem Gestricke. Huckebein verfing sich, taumelte und baumelte am Strick, das war sein gerechtes Ende. Die Handarbeitsstunden hatten keines. Maschen fielen. Tränen fielen. Fräulein Fritz wollte den Kindern Mut machen, sie wusste immer neue Geschichten. Elf Brüder wurden zu Schwänen. Ihre Schwester musste Nesselhemden für sie stricken, stellt euch vor, elf Hemden aus grünen beißenden Nesseln, um die armen Brüder zu erlösen! Die Schwester wurde zum Tod verurteilt, doch noch auf dem Weg zum Scheiterhaufen strickte sie, und siehe da, sie rettete die Brüder, nur der eine behielt an Stelle des Armes einen weißen Flügel.

Während Fräulein Fritz davon erzählte, stand sie mit dem Rücken zum Fenster und hinter ihr flogen Vögel über den Schulhof, Tauben, Enten, Spatzen, Stare. Sie sahen nicht aus wie verzauberte Menschen. Die Lehrerin ging wieder durch die Bankreihen und kontrollierte, hob Laufmaschen auf und mahnte: Wo alle Stricke reißen, ist viel Stopfen! Maries Schal hatte eine Wespentaille. Noch beim Abgabetermin war er so kurz, dass man ihn um den Hals nur knöpfen konnte. Mutter baute Löcher ein, Marie nähte zwei Knöpfe an. Der Schal gab eine vier.

Einmal kam sie aus der Schule, schnüffelte zufrieden, denn die Küche duftete nach Kuchen. Mutter wollte nachmittags mit den Kindern und Mamatschi zur Kirchengemeinde fahren, zu einem Kaffeeklatsch für Jung und Alt. Beim Mittagessen fand sich die Gelegenheit, was Neues aus der Schule anzubringen. Marie hatte ein fremdes Wort in der Pause gehört. Sie warnte den Vater, du bist nachher mit Lieschen allein. Nicht, dass sie später sagt: Er hat mich vergewaltigt.

Da war es plötzlich still im Raum. Da war es schon zu spät. Da waren aus den Eltern Salzsäulen geworden. Mutter fragte schließlich, was meinst du? Marie brachte heraus: Er soll sie nicht verdreschen. Dann wurde sie zur Salzsäule.

Sie ahnte, dass die Übersetzung harmlos war, verlogen. Sie hatte das Wort erproben wollen. Sie hätte es niemals aussprechen dürfen. Sie hatte ans Böse gerührt und war damit selbst ein Teil des Bösen geworden.

Der Vater sagte: Nun hört ihr vier mir bitte genau zu. Er hielt eine Rede, sprach vom Verhalten bei Gefahr, vom Knie, das man hochreißt und zwischen die Beine des Angreifers stößt. Marie verstand kein Wort, nickte nur immerfort, der Kopf ließ sich bewegen, nickte auf und ab. Sie wusste, sie war schuld, sie hatte ihre Eltern in Gefahr gebracht.

Niemand entgeht dem Schicksal

Puppen sahen aus wie kleine Mädchen oder umgekehrt.

Diese Puppe hatte einen Holzkopf, eine starke Stirn mit einer Narbe an der Schläfe. Kurzhaarschnitt aus weißer Wolle. Runde Augen, flache Nase, Pausbacken. Ein abgeküsster schmaler Mund, ein energisches Kinn.

Der Körper aus rosa Trikotstoff. Schlenkernde Arme und Beine, ein weicher Rumpf, mit Stoffschnipseln gefüllt. Hölzerne Hände und Füße.

Wechselnde Kleider, meistens ein lappiger gelber Baumwollpullover, darüber ein grünes gehäkeltes Trägerkleid.

Eines Tages hatte sich die Zeit erfüllt, so dass die Puppe Lieschen den Menschen vorausgehen musste. Sie musste ausgezogen werden. Sie musste auf ein Kreuz aus Pappe gebunden werden. Sie musste mit Stecknadeln und Reißnägeln zerstochen werden. Sie musste im Garten unter der Hecke im Laub bei Würmern, Käfern, Ameisen und Spinnen ausgesetzt werden. Dort musste sie drei Nächte bleiben.

Mutter fand die Puppe schon am anderen Tag. Sie und Vater wollten Marie verhören, aber die war taub und stumm geworden.

Bald danach war Lieschen, neu bezogen, wieder da.

Karneval

Einmal waren auf dem Dorfplatz eine Sonne und ein Fliegenpilz zwischen den Leuten verloren gegangen, zwei von den kleinsten Mädchen. Die kleinsten Jungen, geschwänzte Mäuse, hatten mit allem geschlagen, geschossen, geworfen, was sie nur fanden. Größere Kinder waren als Hexen, Indianer, Cowboys, Piraten gegangen. Sie hatten Zauberstäbe, Tomahawks und Revolver geschwungen. Jutta war Chinamann gewesen, Papphut mit angeklebtem Wollzöpfchen. Ein fadenhaft feiner Schnurrbart, seine Enden baumelten auf der Brust. Sie hatte ihr Jojo pendeln lassen, so, als wäre sie ein Ministrant mit einer feierlichen Weihrauchkugel. Sie hatte gemurmelt: Dlei Cheineisen meit deim Keintleibeis. Neuerdings sagte sie, Karneval ist für Kleine.

Barbara wollte ihr Nachfolger sein. Sie brauchte keine Waffen, war ein leiser, schneller, starker Krieger auch im Alltag, denn sie konnte Jiu-Jitsu: schlich sich dem Feind an, hob ihn hinterrücks hoch, riss den Zappelnden zu Boden. Sie erbte Juttas Chinahut. Als sie ihn auf dem Kopf trug, sah er gewölbt aus wie ein Ritterhelm, sie hatte ihn mit Unterhosengummiband unter dem Kinn zusammengezurrt.

Am Sonntag vor dem Rosenmontag kam Besuch, die Tante Bert aus Süddeutschland. Sie hatte keine Frauendauerwelle, keine Frauensteckfrisur und keinen Kindertopfschnitt, sondern so wie Vater raspelkurzes Haar, das in die Luft stand. Sie diskutierte mit ihm über Erdgeschichte und Architektur von heute. Sie zeigte Mutter an der Nähmaschine eine neue Technik. Jutta, Barbara und Marie lernten von ihr das Fingeralphabet. Katrin saß abends bei ihr auf dem Schoß, die Tante schnüffelte an ihr und rief: I riech, i riech ein Menschenfleisch! Sie schnappte zu, und Katrin strahlte und schnappte zurück.

Marie wollte zu Karneval Indianer sein, das wussten alle im Haus, das wusste der ganze Tonnenberg. Mutter sagte: Die ganze Welt weiß es, und Vater: Das weiß sogar der Mondmann!

Am Rosenmontag war Nachbars Frank schon beizeiten draußen im Garten zu sehen. Er trug eine Federkrone mit Schweif bis zum Hintern und einen Apachenanzug mit Borten und Fransen. Er übte Axtwurf und Bogenschießen. Marie zog die Tante ans Küchenfenster: Der Frank hat einen Fransenanzug. Die Bert sagte: Den hat er nur von der Stange.

Ihre Hände klebten, sie backte Seelen, das war eine Spezialität aus ihrer Gegend. Sonntag abends hatte sie den Teig geknetet und dann über Nacht im Keller kaltgestellt. Mutter fettete ein Backblech ein, Mamatschi saß auf ihrem Eckstuhl in der Küche und bemerkte: Diese Bäckerei aß man zu meiner Zeit wenn überhaupt, dann nur im Herbst, zum Fest der toten Seelen. Doch jedem Tierchen sein Pläsierchen.

Die Bert sagte, liebe Mamatschi, deine Zeit ist heute, Rosenmontag. Sie stippte in den Teig, der Bläschen warf. Sie tunkte die Hände in Wasser, stach mit nassen Händen kleine Portionen Teig ab, zog sie in die Länge, verdrehte sie und legte sie als längliche Formen aufs Blech. Jede Seele wurde mit Salz und Kümmel bestreut. Der Herd war vorgeheizt, die Seelen verschwanden hinter der Klappe auf mittlerer Stufe. Guten Weg, sagte die Bert.

Den Kindern war es verboten, die Emailklappe während des Backens zu öffnen, um nachzusehen, wie es drinnen wuchs und wucherte, wie die Verwandlung stattfand.

Draußen schoss der Indianer mit Pfeil und Bogen. Mutter räumte die Küche auf, wusch Geschirr ab. Katrin war schon längst von einem Kind zum Fliegenpilz geworden, trug einen großen roten Hut mit weißen Punkten. Sie saß in ihre Welt vertieft unter dem Tisch. Zwei getupfte Pingpongbällchen waren ihre Pilzsöhne, sie übten zwischen den Stuhlbeinen Torschuss. Die Tante rauchte eine Zigarette. Mamatschi wedelte den Rauch weg: Wenn ich mich nicht irre, hatten Frauen kein Faible für Tabak, zu meiner Zeit war es so. Du irrst, liebe Mamatschi, sagte die Bert. Marie wich ihr nicht von der Seite, verfolgte jeden Rauchkringel und seufzte mahnend.

Als die Tante mit der Zigarette fertig war, sagte sie zu Marie: Du wirst ein roter Krieger sein, was ich verspreche, halte ich. Miteinander gingen sie hinauf in Vaters Denkerstube auf dem Dachboden. Das Klappbett für Gäste war aufgestellt, der Koffer der Bert lag darunter. Er war verwandt mit dem des Hausierers, auch mit Mary Poppins' Gobelintasche. Barbara und Marie hatten am Vorabend versucht, einen Blick hineinzuwerfen, aber um den Koffer lag ein Bann, man konnte ihn nicht einmal anfassen.

Die Tante hatte einen ihrer selbstgestrickten Fransenponchos im Gepäck, streifte ihn Marie über den Kopf: Ich vererbe ihn dir. Marie vergaß zu danken, stürmte runter, raus zu Frank, um mit ihm um die Wette zu schießen. Frank sagte: Du bist nur ein Halbblut. Meinen Bogen kriegst du nicht. Heulend rannte Marie ins Haus.

Die Bert sagte: Halbblut ist ein Unsinnswort. Sie nahm Vaters Lexikon aus dem Schrank und fand das Bild von einem Ponchoindianer. Auf dem Kopf saß eine Mütze mit Ohrenklappen und Bommeln, er hielt ein Lama an der Leine, von dessen Wolle stammten Poncho und Mütze. Marie wollte Federn, und sie hatte einen Schatz davon. In Mutters Nähstube beriet die Bert mit ihr, welche Bordüre als Kopfschmuck taugte. Sie hielten sich die gemusterten bunten Bänder probeweise um die Köpfe.

Tante Bert sah im Profil mit ihrer langen Nase indianisch aus. Sie war zwar ohne Mann und kinderlos, aber kein Fräulein, sondern Kunstprofessor. Anders als die anderen Frauen trug sie keine Schürzen, Kittel oder an Feiertagen Kostüm. Man sah sie immer nur in Hosen mit langen wehenden Hemden darüber. Sie hatte sich nach einer Japan-Reise ein Armband aus Yen-Münzen aufgefädelt, das klingelte um ihr Handgelenk. Wenn sie rausging, warf sie einen ihrer vielen Ponchos über, einer hatte Glöckchen am Ausschnitt. Bei ihr zu Hause gab es Bücherregale bis unter die Decke, lange Arbeitstische, Staffeleien, Paletten, Schnitzzeug und einen Webstuhl. Die Teppiche, die sie machte, lagen nicht auf dem Boden, sondern bedeckten die Wände. Aus Wolle wurden Farbexplosionen. Muster aus Wellen verwandelten sich in eine Geheimschrift. Ein Teppich bestand aus langen Grashalmen, aus Pferdehaar, aus Drähten und Kabeln. Jutta und Barbara durften bei der Bert nach Anleitung ein Schnitzmesser benutzen, Marie und Katrin durften weben. Die Wohnung roch nach Farbe, Leim, nach fremden Gewürzen und Zigaretten, denn die Tante rauchte wie ein Schlot.

Wenn sie zu Besuch kam, rutschte sie mit den Kindern das Treppengeländer runter. Tante Lilott hätte es zerbrochen, aber die Bert war dünn wie ein Jockey und nicht viel größer als Jutta. Früher war sie wie Tante Niko eine von Vaters Flammen gewesen. Viele Onkel und Tanten waren keine Verwandten, sondern Flammen der Eltern, bevor die geheiratet hatten. Doch Vater sagte immer, von Adam und Eva aus gesehen sind alle Menschen verwandt. Man hatte mit ihnen Glück oder Pech. Barbaras Patenonkel Kurt war ein Suppenschlürfer, ein Pillenzähler, ein Regenfürchter, eine erloschene Flamme. Der Tante Bert traute man jeden Blitz und jedes Feuer zu.

Sie nähte Maries beste Federn an das Stirnband. Sie riet von einem Schweif ab, der stört beim Kämpfen. Sie bemalte Maries Gesicht mit roter, oranger, grüner, blauer und lila Kreide, nahm sich Zeit, wischte die Farben ab, trug sie neu auf. Marie saß vor ihr mit geschlossenen Augen.

Dann rannte sie mit dem Chinesen und dem Fliegenpilz zum Nachbarsgarten, andere Kinder kamen dazu. Sie spielten Wettkampf, hantierten mit Waffen aus alten Epochen. Alle konnten den indianischen Kriegsruf und tobten friedlich. In der blassen Wintersonne schmolzen letzte graue Schneereste. Das Scharbockskraut unter dem kahlen Nussbaum blühte.

Später, es fielen doch noch ein paar Flocken vom Himmel, zogen von allen Seiten Frauen und Kinder zum Dorfplatz. Tante Bert und Mutter sahen es vom Fenster aus, berieten, ob sie mitgehen sollten. In Gottes Namen, sagte Mutter schließlich, zog ihren Mantel an und band ein Kopftuch um. Die Tante zog zwei Ponchos übereinander an und winkte in die Luft: Herr Karneval, du meinst es mit den Kindern gut. Da hüpften Pilz und Chinamann und Rothaut.

Ein kleiner Trupp aus Perückensoldaten und Funkenmariechen marschierte pfeifend und trommelnd um die Dorfkastanie im Kreis, dann trat ein Alter auf. Er trug einen Anzug mit Orden und goldenen Knöpfen und bunten Besätzen, einen gefiederten Dreispitz als Hut. Er hielt eine gereimte Rede. Bei jedem Satz stieß er mit einem Stab in die Luft, der war mit Girlanden und Schellen geschmückt. Jedes Kind wusste: Das ist der Vorfahr vom Sägewerkchef. Jetzt nannte er sich Minister. Der große Sohn von Bäcker Rockefeller war der Prinz, seine Verlobte die Prinzessin. Sie standen auf einem Podest, winkten und warfen mit Bonbons, doch nur die Kinder jagten danach. Das Prinzenpaar verloste unter den Erwachsenen drei Tüten mit Berliner Ballen und Schweineohren. Der Schuster gewann eine Tüte, verbeugte sich vor Tante Bert und schenkte sie ihr. Es waren nicht sehr viele Leute auf dem Platz. Wer richtige Jecken sehen wollte, wer richtig Tschingderassa hören wollte, ging in die Stadt zum großen Umzug.

Das Dorffest war schnell vorbei. Zuhaus im Garten spielte Tante Bert das Drachenspiel mit allen Kindern, die dazukamen. Sie und Marie, die beiden Ponchofrauen, waren geflügelte Drachen, alle anderen mussten sie fangen, dann umgekehrt, die Drachen jagten Krieger aller Art. Am Nussbaum war frei. Tante Bert machte dort ihre Rauchpause, bevor sie wieder losstob mit dem Ruf: I riech, i riech ein Menschenfleisch!

Später in der Küche gab es Berliner Ballen, verdrehte Seelen und Schweineohren. Der Vater kam dazu und sagte: Rockefeller spart am Teig, das hier sind höchstens Ferkelohren. Er und die Bert hielten sich an die kräftigen Seelen, Marie und Barbara machten es ihnen nach: Ferkelohren und süße Berliner waren für Frauen bestimmt.

Die Kinder tranken heißen Kaba, die Erwachsenen Kaffee oder Kaffee mit Schnaps. Vater setzte ein Sieb auf den Kopf und nannte sich Karnevalsprinz. Mit ihrer tiefen Stimme schmetterte die Bert ein Lied vom Haifisch, der die Zähne im Gesicht trägt statt im Maul. Mamatschi sagte ihr, am Aschermittwoch ist alles perdu, aber sie kicherte und hatte rote Wangen. Die Bert gurgelte laut mit Kaffeeschnaps, und alle Kinder machten es mit ihrem Kaba nach. Mutter wollte es noch unterbinden, doch sie rief zu spät. Der Fliegenpilz verschluckte sich und spuckte Gift. Dann saß er zum Trost auf Mutters Schoß, lutschte Daumen, war wieder Katrin, und das war der Karneval.

Wie ein Fieber kommt und geht

Vater humpelte wegen der Gicht im Fuß und ging nicht zur Schule. Barbara hatte Durchfall und ging nicht zur Schule. Mamatschi lag mit Bronchitis im Bett. Der Hausarzt Doktor Böhmer sah täglich vorbei, und dann wurde aus der Bronchitis tatsächlich die zweite Lungenentzündung. Eines Tages bat Mamatschi um die Krankensalbung. Als der Dorfpastor auftauchte, warteten draußen vier Kinder auf ihn. Er sagte, das Sakrament ist kein Kaspertheater, ihr bleibt an der Luft und spielt brav. Die Schwestern standen verdrossen und frierend im Garten. Barbara und Marie machten ein Wettspringen über Pfützen, wobei Marie sich nasse Füße holte. Schließlich kam der Pastor aus dem Haus und mahnte, gerade in den schweren Tagen müsst ihr euren Eltern Freude machen. Die Schwestern deckten freiwillig den Tisch zum Abendessen und räumten ihn ab. Sie spielten Katrin zuliebe Memory. Danach beim Reiterquartett ließen sie Katrin gewinnen. Maries Nase lief. Im Haus war alles Watte, weil Mamatschi krank war. Beim Nachtgebet ging es besonders um sie.

Mutter sagte am anderen Morgen, das Beten und die Salbung hätten wohl geholfen, Mamatschi sehe besser aus. Da schien das Haus munter zu werden, alle liefen durcheinander. Frühstücken, Schulbrote richten, an Großmutters Zimmertür lauschen, den Fleck auf der Hose wegreiben, Vaters Tropfen suchen, Maries Turnbeutel suchen, Juttas Busfahrkarte suchen, Taschentücher einstecken. Marie war schwindelig, aber sie hielt den Mund, sie wollte in der Schule nichts verpassen. Als sie in ihre Schuhe fuhr, waren sie feucht vom Vortag. Nasse Schuhe stopft man abends mit Papier aus. Marie vergaß es immer wieder. Sie wagte nicht, die Winterstiefel anzuziehen, denn Mutter hätte sie durchschaut. Sie beeilte sich, aus dem Haus zu kommen. In der Schule gab es ein langes Diktat, beim Turnen scheuchte sie der Aushilfslehrer durch die Halle, bis die ganze Klasse hechelte und dampfte.

Die letzte Stunde war Musik bei Fräulein Fritz. Die Klasse übte für das Frühlingsfest den Kanon von der Schneckenpost, ein Lied, in dem es hieß: I fahr, anstatt ich fahr. Auch Tante Bert aus Süddeutschland sagte nur i. Die Schneckenpost war kompliziert, weil Fräulein Fritz das Tempo wechselte, man fing langsam an und steigerte sich, man richtete sich nach ihren winkenden Händen. Das Lied war voller großer Tonsprünge, fast wie beim Feuerwehralarm, und die Einsätze folgten rasch aufeinander. Es waren viele schnelle Schnecken, es war ein Wirbeln im Kreis, es setzte sich endlos fort, das I fahr.

Noch auf dem Heimweg war Maries Mund voll Musik, im Gehen sang sie aus voller Kehle und dachte nicht an die Kühe. Aber sie waren doch wieder da. Eine stand nah am Zaun, als Marie näherkam und stellte die Ohren lauschend auf. Es waren Blüten aus Fell, die sich sacht bewegten. Wie die Winkhände von Fräulein Fritz. Die Kuh tat einen zögerlichen Schritt auf den Zaun zu.

Marie blieb stehen und sang die Schneckenpost weiter und langsam wieder von vorn. Sie bemühte sich um saubere Töne. Die Kuh schloss die Augen. Es müsste ein Lied nur fürs Rindvieh geben. Marie dachte sich eins aus, ein dunkles, langsames, es war ein Singsang über Kuh und Muh und Schuh' und Ruh'. Schließlich fiel ihr nur noch ein, du gute Kuh. Das sang sie vor sich hin und für die Kuh, als gäbe es auf der Welt nur sie beide.

Da sah sie den Stier, den Bullen. Er war noch jung, doch der Bauer ließ ihn nur selten raus. Alles Rindvieh war gefährlich, es konnte Weidezäune niederreißen und Menschen zertrampeln. Aber Kühe waren Kälbermütter, hatten einleuchtende Euter, in denen schwappte die Milch. Einen Stier erkannte man am kantigen Kopf, am Ring durch die Nase. Ein Stier trug unterm Bauch Glocken und einen Schwengel, die ihn rasend machten. Wenn es soweit war, dann sprang ein Stier auf alles, was wie eine Kuh aussah.

Marie hörte zu singen auf und hoffte, dass der Stier den Kopf nicht heben würde. Sie wagte nicht, die laufende Nase zu putzen, sonst käme er an den Zaun, der nur ein Draht war, elektrisch geladen, aber das war einem Stier egal. So egal wie der verschlammte Graben hinter dem Zaun, mit einem Sprung kam man hinüber, selbst als Kind.

Der Stier beachtete Marie nicht. Er war ein Rindvieh unter vielen anderen an einem kühlen Frühlingstag, er trottete einer Kuh nach, folgte einer anderen, blieb stehen, riss ein Büschel Gras aus. Eine frühe Hummel brummte. Vogelstimmen, das Rupfen des Rindviehs. Gute Kuh und Schneckenpost.

Feuchte kalte Füße. Der Wind trug das Mittagsläuten der Dorfkirche rüber. Aus dem Schlamm im Graben stiegen Bläschen auf und etwas flappte, irgendein Tier, seine schnelle Regung. Der Stier war langsam. Wieder folgte er einer Kuh, wahrte dabei respektvoll Abstand, die Königin hatte den Vortritt. Sie blieb stehen, er blieb stehen. Der Stier streckte den Hals lang aus. Er schnüffelte am Kuhhintern. Er schloss die Augen wie im Traum. Die Katze des Bauern streunte über die Weide. Das Lied von einer guten Kuh summte in Maries Ohren. Sie würde künftig keine Angst mehr vor dem Rindvieh haben.

Wieder kam sie zu spät nach Hause. Ihre Nase lief, sie war müde, mochte nicht essen. Die Mutter fragte, brütest du was aus? Marie sagte schnell nein. Die Mutter fragte, soll ich dir das glauben?

Nach den Hausaufgaben waren Marie und Katrin im Kinderzimmer. Katrin wünschte sich ein Würfelspiel, Marie erzwang das Malen. Sie saßen nebeneinander auf dem Bänkchen am Tisch, jede vor ihrem Blatt. Marie mühte sich ab, das Lied der Schneckenpost zu illustrieren. Auf dem Haus der Schnecke saß ein Kutscher, der sein Hörnchen blies, aber das Hörnchen sah falsch aus. Sie kaute am Stift, radierte, versuchte es besser, das Hörnchen sah immer noch falsch aus. Sie fühlte sich schwach, ihr Kopf tat weh, der Hals kratzte. Was war ein Hörnchen? Ein Brötchen, ein Kuhhorn. Der Hausierer in seiner Weisheit fiel ihr ein: Die Seele der Kuh sitzt im Mark in den Hörnern. Aber nicht alle Weilerskühe hatten Hörner. Falsche Leute sägten sie ab und kochten sie aus und dann bliesen Posthörner schlechte Lieder. Marie war schwindelig und heiß. Sie trat gegen das Tischbein. Die Schneckenpost gellte. Es waren Tonsprünge. Es war ein Feueralarm, der schrillte. Ein Zorn loderte in ihr auf und wurde immer größer. Sie radierte heftig an dem Horn herum, zerknitterte das Papier. Sie fegte die Radierflusen von ihrem Blatt zu Katrin rüber. Katrin rempelte sie in die Seite, dumme Kuh! Marie starrte auf ihre schlechte Zeichnung. Aus dem Kuhhörnchen des Schneckenkutschers tropfte unsichtbares Blut.

Ihr böser Stift zerkrakelte die Zeichnung, ratschte über den Tisch. Sie warf den Stift gegen die Wand. Sie trat gegen das Tischbein. Sie schlug auf Katrin ein. Alles war aus. Dann kam ein Nebel und dann wusste sie nicht mehr.

Sie lag im Bett, die Mutter hielt ein Thermometer, sagte, neununddreißigacht. Da war Marie erleichtert, denn ein krankes Posthörnchen konnte nicht gleichzeitig noch falsch und böse sein. Das Zimmer war zu hell, sie schloss die Augen und trieb davon.

Sie wachte auf, und Doktor Böhmer saß mit seinem Hörrohr um den Hals da, runzelte die Stirn, dann wuchsen dort Hörner. Marie wollte schreien, es kam nur unklares Krächzen. Doktor Böhmer machte der Puppe Lieschen einen Halswickel. Jemand sagte: Bald ist doch in der Schule Frühlingsfest, bald ist doch in der Schule Frühlingsfest, bald ist doch in der Schule Frühlingsfest. Was für ein Geleier.

Sie wachte auf, Mamatschi stand im Türrahmen, aber es war nicht ihre Stimme, die etwas vom Frühlingsfest gesagt hatte. Vielleicht war es schon länger her. Doch Mamatschi stand da, etwas wackelig, sie trug über dem Engelshemd den Morgenmantel, hatte auch ihr goldenes Gliederarmband wieder angelegt, Marie war beruhigt.

Sie wachte auf, das Bett war eine Wüste, ein Geschrei. Sie lag auf dem Bauch, die Schlafanzughose runtergezogen, drücken, schrie die Mutter, drück! Das Zäpfchen muss in den Hintern! Sonst geht dein Fieber nicht runter! Marie verstand noch einmal, dass sie krank war, daher kam alle Verwirrung. Sie drückte, sonst würde das Zäpfchen in Mutters Hand schmelzen. Sie spürte ein Flutschen, spürte, wie die Mutter ihr die Hose hochzog und sie zudeckte. Sie trieb davon.

Sie wachte auf und starrte auf den blauen Fenstervorhang mit den grünen Hühnern. Morgens waren es gute Hühner, nachmittags wurden sie undurchschaubar. Abends starrten sie mit harten gelben Augen und pickten, pickten in den wunden Hals und in die Schläfen, weil sie bis ins Mark wollten. Marie schrie in der Angst vor ihrem Fenstervorhang.

Abends war immer einer bei ihr, dafür sorgte Mutter. Die Hühner starrten, wollten loslaufen und picken. Marie drehte den Kopf vom Fenster weg, jemand saß bei ihr. Mutter stopfte, Mamatschi drehte Daumen, Jutta las, Barbara ließ ihr Jojo tanzen, Katrin spielte Xylophon. Jemand war da, Marie konnte ruhig sein und auf den Schlaf warten.

Das Zimmer verschwamm. Vor den Augen tauchte ein Spaten auf, ein Dreieck, eine Mühle und ein Zaun, ein Posthorn. Und was noch alles mehr. Lauter unsinnige Dinge drehten feierliche Kreise, bildeten einen Strudel, zogen Marie mit sich.

Sie wachte auf und dachte, dass sie lang geschlafen hatte. Mutter strich ihr über die Stirn, dann sah sie sich das Thermometer an. Siebenunddreißigsechs, sagte sie, zum ersten Mal nach zehn Tagen. Jetzt kommst du bald zu Kräften.

Das Aufstehen war aber anstrengend, Marie legte sich gerne wieder hin. Mutter schickte Vater zu Besuch vorbei. Er und Marie waren verlegen. Vater griff nach dem nächsten Buch zum Vorlesen. Er hatte die Geschichten von den Heiligen erwischt. Kopfschüttelnd las er vor, von heldenhaften Leuten, die ihr Leben für den Glauben hingaben, sie wurden gerädert, zerfleischt und verbrannt.

Der Vater fragte, wer hat dies Buch in unser Haus gebracht? Mamatschi?

Nein, rief Marie, niemals!

War es der Zipfel?

Marie wusste es auch nicht.

Er legte das Buch beiseite. Sie wagte es, ihn zu fragen, ob sie vielleicht bald die Krankensalbung bekommen könnte.

Der Vater sah entgeistert aus. Er stürzte ans Fenster und sah hinaus. Als er sich umdrehte, wedelte er mit beiden Händen, wie nur er es machte. Er sagte: Werde mir keine Thealatranta.

Umzug

Die Eltern suchten schon lange nach einer Wohnung, denn die Häuser am Tonnenberg gehörten dem Eisenwalzwerk, nur Angestellte durften mieten. Endlich fanden sie in der Stadt eine neue Wohnung. Aus dem alten Haus verschwanden Gardinen, Bilder, Nippes, Vasen, Topfpflanzen. Die Uhr im Flur wurde fortgetragen, Schränke und Regale bis aufs Nötigste geleert. Überall stapelten sich Kartons. Einmal war im Garten lauter Trödel zum Verschenken für die Nachbarn aufgebaut, der Vater pries seine Sammlung formschöner Flaschen und sagte schließlich achselzuckend, wir müssen Ballast abwerfen. Er warf ärgerliche Blicke auf Marie und Katrin, die sich schlugen: Die beiden Kleinen werden ausgelagert!

Am Tag vor dem Umzug fuhr er mit Tante Agnes, Katrin und Marie im vollgeladenen Auto in die Stadt zur neuen Wohnung. Zwischen den Kindern stand auf dem Rücksitz die Puppenstube, in einen Kartoffelsack eingeschlagen. Sie bestand aus einem Hauptzimmer für Menschen und aus einem rosa Badezimmer, das als Kuh- und Pferdestall diente. Beide Räume waren kahl. Katrin hatte Lebewesen und Möbel in zwei getrennte Extrasäckchen verpackt, damit sie bei dem Umzug keinen Schaden nahmen. Die Extrasäckchen füllten den Badestall aus. Im Hauptzimmer lag eine große Stoffmaus, die in den Kinderwagen zum Lamm und zum Löwen gehörte. Während der Autofahrt hielten Marie und Katrin ihre Hände über den Kartoffelsack, damit sich drinnen keiner aufregte.

Der Vater parkte vor dem neuen Haus, gab allen etwas zu tragen. Katrin hatte Verantwortung für einen Rucksack mit Plüschtieren. Marie durfte die Puppenstube übernehmen, trug sie auf beiden Armen. Tante Agnes bepackte sich selbst. Vater schloss die Haustür auf, er kommandierte wie in Kirchen und Museen: Zehenspitzen, Münder zu! Aber am frühen Abend hielt sich unten in der Praxis von Doktor Dilger kein Mensch mehr auf.

Im ersten Stock waren die Raufasertapeten von Wohn- und Esszimmer frisch gestrichen, es roch nach Farbe. In der Küche gab es einen Einbauschrank mit eleganten Schiebe-türen, deshalb musste der alte Geschirrschrank von jetzt an im Keller hausen. Mamatschis neues Zimmer hatte noch die Girlandentapeten von Dilgers, aber das war ihr nicht wich-tig, sie sah nicht gut. Wichtig war ihr der Gummibaum, der schon in einer Ecke stand. Und ein Weihwasserschälchen, das seinen unverrückbaren Platz wieder auf der Kommode bekommen würde. Im ersten Stock gab es ein kleines Bad mit einer vernünftigen Brausekabine. Vater hatte gesagt: Dem-nächst sitzt ihr nicht mehr im eigenen Dreck in der Wanne. Und Barbara: Das Fußbecken spart Wasser, wenn man Boote schwimmen lassen will.

Der Vater und die Tante stellten ihre Lasten ab, gingen zurück zum Auto, Marie und Katrin trugen ihre Sachen in den zweiten Stock unter das Dach, dort hatten alle Zimmer schräge Wände. Die beiden waren schon im neuen Haus ge-wesen. Sie wussten: Das Zimmer mit dem Stützbalken würde ihnen gehören. Ihre Stimmen hallten. Sie packten Plüschtiere und Puppenstube aus, richteten Wohnraum und Badestall her, setzten die Bewohner hinein. Sie stellten die Plüschtiere als Beschützer im Kreis drum herum. Beschützer und Be-wohner sahen ängstlich aus. Sie würden über Nacht allein hier sein. Katrin erklärte ihnen: Wir kommen bald nach. Sie räusperte sich.

Marie erschrak. Die starke Schwester brauchte einen star-ken Schutz, wer konnte ihn ihr geben?

Das neue Haus war still. Katrin rannte in den Flur, sie packte das Geländer, schrie die Treppe runter: Papa, wo bist du? Marie rannte ihr nach, erwischte sie im Nacken, schnauzte: Feigling. Aber das Haus war weiter still, es roch nach Farbe und Leere. Marie herrschte die Schwester an: Er ist mit der Tante Agnes beim Auto! Sie war erleichtert, die Stimmen der beiden zu hören.

In Mutters künftiger Nähstube stellte der Vater drei Kartons mit Gardinen ab. Er hatte einen Zollstock mit dabei, vermaß die Schrägwand im künftigen Elternschlafzimmer, verglich das Ergebnis mit seinen Zettelnotizen, er seufzte: Alles falsch. Mutters Sekretär passt hier nicht rein. Die Tante sagte: Das sieht jeder Blinde. Vater zog Marie ans Fenster: Kannst du mir wenigstens zeigen, wo nachher die Sonne untergeht? Hinter der Berufsschule, richtig. Wie heißt also die Himmelsrichtung? Westen. Also, hier ist alles in schönster Ordnung.

Die Tante hantierte mit einem Hakenstock an der Decke des Flurs, hakte ihn in einen eisernen Ring. Oben öffnete sich eine Luke, eine Zugleiter erschien. Marie war begeistert: Ein Speicher über dem Speicher! Ihr habt ihn uns noch nicht gezeigt! Aus dem dunklen Rechteck rieselte Staub. Die Tante erlaubte ihr, mit hochzukommen. Es roch nach Spinnen, nach Dunkelheit. Das ist kein Spielzimmer, sagte die Tante. Wenn dein Vater wüsste, wie viel Krempel deine Mutter aufhebt! Sie stieg wieder runter, bugsierte Kartons und Säcke die halbe Leiter hinauf, wo Marie sie entgegennahm. Einsames Schiff auf hoher See bei Sturm in schwarzer Nacht. Tapfere Matrosen retten die lebensnotwendige Ladung, die über Bord gespült wurde. Wogen rollen über Deck. Finsterer Himmel, kleines Schiff, sein Mast aus rohem Holz biegt sich gefährlich. Marie riss sich an einem Balken einen Splitter, leckte das Blut ab.

Katrin starrte von unten rauf, aber ihr war der Hochspeicher verboten. Sie hämmerte gegen die Leiter. Marie sammelte von den Schiffsplanken Dreckstaub, ließ ihn auf die Schwester runterregnen: Ihr Fremden, segelt fort, so schnell ihr könnt! Wir haben die Pest an Bord! Katrin rief, wir auch, und stieg auf die erste, die zweite, die dritte Stufe. Der Vater drohte ihnen mit dem Zollstock: Wenn ich noch ein Wort höre, werdet ihr auf den Speicher ausgelagert und dann geht die Luke zu. Katrin drückte sich davon, Marie stieg schnell runter und zeigte der Tante den blutigen Finger. Die Tante entfernte den Splitter, ließ kaltes Wasser über die Wunde laufen, gab Marie ein Taschentuch und sagte: Drück es drauf und halt dich ruhig. Man kann dem Schöpfer danken, dass ihr Kleinen bei dem Umzug nicht im Weg sein werdet.

Auch Mamatschi war schon ausgelagert worden, nach Limburg zu ihrer Cousine.

Tante Lilott und Onkel Kaktus kamen, um Marie und Katrin abzuholen. Er war Mutters Zwillingsbruder, war mit Zornhaube geboren worden oder schlug nach Oma Hanna. Deshalb kamen er und seine Frau nur selten zu Besuch und man fuhr auch nur selten hin. Die Lilott hatte rote Haare, einen rotgemalten Mund und Sommersprossen, war rund wie die Sonne, wusste Witze und lachte immer. Als Onkel Kaktus Mutter sah, sang er lauthals das Lied vom Sack Zement. Kaum bist du da, schon machst du Ärger, sagte sie. Marie und Katrin verstanden es nicht. Er verhöhnt das Sakrament, erklärte Mutter, und von euch beiden möchte ich dieses Säuferlied niemals hören. Sie zeichnete ihnen zum Abschied Kreuze auf die Stirnen.

Die Autofahrt ging schnell vorbei, sie sangen viele Säcke Zement, kein Kind musste kotzen. Zum Abendessen gab es statt Gänsewein Limonade, so viel man mochte. Danach legte die Sonne eine Platte auf, sang mit: Schu-schu, schu-schu, schu, schu-schu schu-schu, schu- schu, Sugar town. Auf dem Plattenumschlag zeigte Nancy Sinatra ihren nackten Bauch. Die Sonne zog den Kaktus vom Stuhl und alle tanzten zu der schmissigen Musik. Der Rock der Tante und der Schlips des Onkels wirbelten, Marie und Katrin waren ein selten einiger, einziger Kreisel. Sausend drehten sie sich in den Schwindel, bis sie jubelnd miteinander umfielen. Der Kaktus hob die Lilott hoch, warf sie aufs Sofa, stürzte sich auf sie, die beiden jubelten. Als wären sie Kinder. Als wäre kein Kind in der Nähe.

Das Einschlafen in den fremden Betten fiel Marie und Katrin schwer. Sie fürchteten den Sandmann, der Kindern ihre Augen stehlen konnte, um seine eigenen Jungen im Halbmond zu füttern. Die Sonnenkissen waren groß und stanken, von der Straßenlaterne fiel Licht ins Zimmer, der Ahornschrank sah aus wie ein Sarg.

Tags darauf war alles einfach. Die Tante ging mit den Kindern auf einen Markt, zu einem Springbrunnen, in eine Eisdiele, auf einen Spielplatz: Da seht ihr beiden Pomeranzen mal, was eine Stadt außer Museen und Kirchen zu bieten hat!

Später zeigte sie den beiden, wie man sich die Lippen anmalt, lobte Katrin, wischte an Marie herum. Frauen sollten sich nicht schminken, wusste Marie. Sie wusste auch, als Gast benimmt man sich, sie hielt den Mund, wusch aber den Lippenstift schnell wieder ab.

Tante Lilott war berühmt, stand als Fotomodell für den weißen Riesen, im Flur hing ein großes Plakat von ihr. Sie war die Riesenwaschkraft, alle ihre Sommersprossen leuchteten, die Augen blitzen, sie trug einen strahlend weißen Overall und strahlte selbst. Waschpulver-Reklame. Die Lilott war die Sonne. Sie brachte den Kaktus zum Lachen, sie verwöhnte Katrin und Marie noch vor dem Mittagessen mit Gummibären. Beim Essen, Nudeln mit Tomatensoße, kleckerten alle, sogar der Onkel. Die Lilott schmatzte einen Kuss auf den Tomatenfleck an seinem Kinn. Zum Nachtisch gab es schon das zweite Eis an diesem Tag, die Tante schenkte ihren Anteil an die Kinder weiter. Die löffelten noch, da kratzte der Kaktus schon auf seinem Teller, brummte: Ich will mehr Eis, denn ich bin heiß! Die Sonne leuchtete ihn an: Nachtisch ist alle! Dafür steckte sie ihm ihren kleinen Finger in den Mund, den lutschte er. Katrin und Marie warfen sich Blicke zu: Nuckelkind. Schließlich sagte der Onkel: Zeit für unseren Mittagsschlaf. Die Kinder schnitten Gesichter. Sie waren einverstanden mit einer Mittagsruhe, setzten sich ins Gästezimmer auf den Teppich, spielten Karten, warteten auf die Erwachsenen. Endlich hörten sie Geräusche aus der Küche, spähten rein. Die splitternackte Sonne filterte Kaffee und summte. Am Fenster rauchte der Kaktus, nackt wie sie. Marie und Katrin schlichen weg, sie kicherten wie gekitzelt: Ekelhaft! Die beiden sollten sich schämen! Marie sagte, wir dürfen es den Eltern nicht erzählen. Katrin nickte. Dann fragte sie, warum? Marie wusste es auch nicht, sagte: Darum. Weil es nun mal so ist. Katrin nickte noch mal.

Abends wurde der Onkel kollerig. Es war schwül in der kleinen Wohnung, ein Gewitter lag über der Stadt, kam aber nicht runter, vielleicht lag es daran. Sie spielten zu viert Mensch-ärgere-dich-nicht, aber die Sonne setzte lange aus, sie hing im Schlafzimmer am Telefon und lachte mit einer Freundin. Der Kaktus übernahm die Sonnenmännchen, hatte also zwei Trupps. Trotzdem verlor er ständig. Marie sah, wie er sich zusammenbraute. Sie versuchte vergeblich, Katrin ein Zeichen zu geben. Die brütete auf ihrem Stuhl. Nur wenn sie an der Reihe war, fuchtelte sie mit dem Würfel, bis er auf den Boden fiel, dann kroch sie ihm unter den Tisch nach, kam hoch, las Sechsen oder Fünfen vor.

Schließlich raunzte der Kaktus: Du gehst sofort bei Wasser und Brot ins Bett, wenn du noch einmal mogelst.

Katrin starrte ihn an, in all ihrer Stärke: Ich will sofort zu Mama und Papa!

Der Kaktus knurrte, weißt du, wo sie wohnen? Katrin platzte mit der Antwort raus, die sie so oft geübt hatte:

Tonnenberg zwei. Der Kaktus sagte, von wegen, dort sind sie nicht mehr. Wie heißt die neue Straße? Nicht einmal das weißt du. Und wenn du hier weiter lügst und betrügst, wirst du ausgesetzt! Katrin erstarrte. Die Tante kam vom Telefon zurück und machte Späße, aber der Onkel wollte Bier. Er stürzte es aus der Flasche hinunter, dann wollte er noch eins. Die Sonne brachte die Kinder gleich nach dem Abendessen ins Bett. Als sie draußen war, hörte Marie die kleine Schwester schniefen und erschrak. Katrin wimmerte: Ich bin hier ganz verloren! Ich will ganz nach Haus! Ich will nicht auslagern! Ich will nicht aussetzen!

Katrin durfte nicht verloren sein, sonst war es auch Marie. Sie musste eine große Schwester sein. Flüsternd fuhr sie Katrin an: Komm zu mir ins Bett.

Die Tante lachte, als sie die beiden morgens beieinander liegen sah. Nach dem Frühstück brachten sie und der Onkel die Kinder zum neuen Zuhause. Sie wünschten viel Glück, bekamen eine Flasche Badeschaum als Dank für ihre Hilfe und fuhren schnell ab.

Überall türmten sich Kartons und Kisten, jeder suchte etwas. Abends kam Mamatschi. Sie saßen miteinander, waren wie immer sieben. Alles hier in schönster Ordnung, sagte Marie mit Wonne.

Und verschwand und spielte mit sich selbst Verstecken, denn wenn alle da waren, konnte sie fort.

Neue Wege in der Stadt

Die Umzugskistenberge wurden langsam kleiner, aber die Hausapotheke blieb verschwunden. Der Vater brauchte Ewigkeiten, um für seine besten Bilder die besten Plätze zu finden. Mutters Kampfruf hieß: Morgen ist ein neuer Tag. Sie fand die Hausapotheke auf dem Hochspeicher. Sie fand auch Katrins Xylophon, Mamatschis Schmuckkästchen und Juttas Turnbeutel. Sie baute Regale zusammen, Barbara und Tante Niko halfen ihr dabei. Sie übte fremde Wege mit den beiden Kleinen. Schule, Bäcker, Metzger, Drogerie und Markt und Post und Schuster undsoweiter.

Eines Tages schickte sie Marie los, Schuhe aus der Reparatur abzuholen: Du kennst den Weg zur Schuhblitzbar. Mittelstraße, gleich oben linkerhand. Ohne Schwierigkeiten fand Marie die Mittelstraße. Schreibwarenladen, Handarbeitsladen, Blitzschuhbar, Drogerie, eine Kneipe, ein Kleiderladen und ein Café, dann kam schon der Marktplatz. Marie ging zurück. Sie wechselte die Straßenseite, auch dort gab es keine Schuhblitzbar. Ihr wurde warm. Vier Schuhe waren abzuholen. Sie waren bezahlt. Der Belegzettel steckte in Mutters Portemonnaie, sie hielt es in der Hand. Sie war im Laden mit dabei gewesen, als die Mutter einem alten Mann in grauem Kittel zwei Paar Schuhe übergab. Mittelstraße, oben linkerhand. Sie starrte auf die Ladenfensterscheibe. Da stand der Name Blitzschuhbar. Sie starrte auf die Auslage: lauter zerknülltes blaues Papier, darüber baumelten an einer Leiste aufgehängte Stiefel, Sandalen, Halbschuhe.

Hatte die Mutter Schuhblitzbar gesagt oder doch Blitzschuhbar? Marie sah keinen alten Mann im Laden, drinnen schien ihr nichts bekannt. Wieder einmal nicht aufgepasst, sich nichts gemerkt, nur wieder mal gedöst. Die Mutter würde enttäuscht sein. Mutter hatte genug um die Ohren. Mutter wusste auch, was Leute machen, wenn sie nicht Bescheid wissen: Man fragt einen anderen Menschen höflich, entschuldigen Sie, dann trägt man sein Anliegen vor. Nimm dir ein Vorbild an Jutta, die war schon sehr früh selbstständig! Die meisten Leute sind hilfsbereit. Warum hast du Angst vor ihnen? Zu Hause bist du immer schnell mit dem Wort bei der Hand!

Marie, Hausteufel, Gassenengel, wagte es nicht, einen Passanten anzusprechen: Entschuldigen Sie, ist dieser Laden hier die Schuhblitzbar? Sie müsste reingehen und guten Tag sagen und Mutters Zettel auf den Tisch legen. Vielleicht würde sich zeigen, dass sie im richtigen Laden war. Wenn sie vielleicht aber im falschen Laden wäre, wüsste der Schuster bestimmt, wohin sie gehen müsste. Er würde es aber vielleicht nicht sagen. Denn er wäre vielleicht traurig oder wütend, weil er kein Geschäft machte.

Marie stand vor der Auslage der Blitzschuhbar, sie rieb ein Bein am anderen. Die Mutter hatte ihr gesagt, trödel nicht in der Stadt rum. Ihr beiden Kleinen helft mir nachher mit der Marmelade. Vormittags war ein Nachbar aus dem Dorf vorbeigekommen, hatte zwei Eimer Johannisbeeren gebracht, die mussten schnell verarbeitet werden. Schnell in den Laden rein, den blauen Zettel vorzeigen, schnell wieder raus.

Drinnen erschien jemand, es war kein alter Mann, sondern ein großer Junge. Er hantierte hinter der Theke, räumte blaue Papierbeutel in nummerierte Regale. Er trug einen grauen Kittel. Seine Haare waren viel länger als ihre eigenen, sie reichten ihm bis ans Kinn, als wäre er ein Mädchen. Er strich sie hinters Ohr, zupfte an seinem Oberlippenbart, er sah aus wie Joringel aus dem Märchenbuch.

Marie vergaß den Auftrag, schmachtete ihn an. Solch einen großen Bruder haben! Mit ihm zusammen mit der Blume alle verwunschenen Vögel befreien!

Sie fingerte an ihrem Blusenkragen. Sie wollte lange Haare haben wie Joringel. Aber Vater fand sogar für Mädchen nur den Herrenschnitt in schönster Ordnung und selbst Mutter überlegte manchmal, aus praktischen Gründen ihre Steckfrisur zu wechseln. Mutter. Portemonnaie. Die Schuhe.

Der große Junge im Laden entdeckte Marie und nickte ihr zu. Was musste er von ihr denken, sie ging schnell weiter.

Drogerie. Kneipe. Kleiderladen. Café. Marktplatz. Hin und her zwischen Schreibwarenladen und Marktplatz.

Der Heimweg war nicht einfach, weil er es nicht war.

Marie kam aufgelöst zu Hause an, stand in der Johannisbeerküche mit leeren Händen.

Niemand wusste alles besser: Konntest du nicht eins und eins zusammenzählen? Blaue Auslagen im Laden, der Belegzettel in blau! Niemand verhöhnte sie: Ich hätte dir mehr Verstand zugetraut. Niemand warf ihr vor: Hättest du den Beleg gelesen, statt ihn sinnlos anzustarren, hättest du die Hausnummern vergleichen können. Niemand rief: Du hättest deinen Mund aufmachen müssen, um zu fragen! Marie war niemand und heulte.

Die Mutter wischte ihre Johannisbeerhände an der Schürze ab. Nahm die schluchzende Marie in ihre Arme: Die Welt dreht sich weiter, wenn wir uns irren! Ein Blitzschuh oder ein Schuhblitz lassen uns nicht untergehen!

Der Weg zur neuen Grundschule war lang, es gab aber Orientierungspunkte: den Pezzi-Automaten, auf dem eine gemalte, ausgebleichte Frau in Uniform Bonbons anbot. Dann kam der alte Friedhof mit moosbewachsener Mauer und losen Steinen, denen Marie gut zusprach. Der Fahrradladen wurde erst auf dem Heimweg zu einer Gefahr. Dann trieben sich dort viele Jungen rum, sie übten Vollbremsen und Schneiden. Die Mutter hatte gesagt, beachte sie nicht, die markieren den dicken Willem.

Marie lief weiter zur Schule. Das Elisabeth-Krankenhaus wurde von Nonnen betrieben, den Helferinnen in der größten Not. Dort hatte Mutter auch sie selbst zur Welt gebracht. Die Nonnen sahen welk aus, als würden sie nie die Sonne sehen. Man wüsste gerne, ob sie im Bett schwarze Nachthemden trugen. Man durfte nicht zu spät im Unterricht erscheinen und beeilte sich. Auf dem Hof des früheren Jungengymnasiums, dessen Schwerpunkt inzwischen Naturwissenschaften waren, standen auch einige Mädchen. Wenn Marie am Haus des Grundschuldirektors vorbeikam, hielt sie sich gerade und setzte ein ernstes Gesicht auf, damit er nicht dachte, Landpomeranze. Von weitem sah sie geradeaus den Glockenturm von Heilig-Kreuz. Schon vom Dorf aus war die Familie sonntags oft in diese Kirche gefahren, der Vater war befreundet mit Pastor Meiners. Heilig-Kreuz. Ein einzeln stehender Turm wie ein abgeschnittener Finger, der in den Himmel zeigte, aber man durfte nicht rauf. Marie bog auf den Hof der Mädchenrealschule ab, um von dort aus in die neue Grundschule zu kommen. Sie rannte, denn eines der großen Mädchen hatte sie mal angeschrien.

Der kurze Weg zum Bahnhof, der Bahnhof vertrautes Gelände. Vater hatte den Kindern immer wieder gezeigt: Gleis eins geht's Richtung Mainz, nach Süden, Gleis zwei führt nach Norden, Richtung Köln. Kinderleicht. Marie war groß genug, allein den Pater Hugo abzuholen, der aus Holland zu Besuch kam. Aus welcher Richtung kommt sein Zug? Jutta hatte der Schwester in Fingersprache ein N gezeigt.

Marie marschierte los, stand pünktlich da und fand den Pater nicht. Suchte ihn, verlief sich, kam erst spät zu Hause an.

Niemand verhöhnte sie und befahl ihr, sich eine Kopfnuss zu geben, die nicht laut genug zu hören war, gib dir noch eine. Niemand war niemand. Der Pater war ein Pater, saß im Wohnzimmer und bot sich an, die Schande mit ihr zu teilen. Wir tragen das Kreuz gemeinsam.

Der Frühling kommt, wir freuen uns

Im Kinderzimmer stank es nach Mentholsalbe. Jutta hustete, trug Halswickel und Bademantel, saß am Klavier und übte einen Ohrwurm. Katrin saß an ihrem Tisch vor den Rechenaufgaben. Sie schielte zum Klavier, verstarrte sich, ihr Mund stand offen. Zwischen den beiden Schwestern saß die Mutter, feilte sich die Fingernägel, ein Handtuch lag auf ihrem Schoß.

Maries Tisch stand abseits, im Rücken der drei. Sie las ein Indianerbuch und zog das Aufsatzheft darüber, sobald es schien, als wollte die Mutter aufstehen.

Juttas Finger krochen wieder los und quälten sich auf schwarz und weiß durch Berg und Tal und kehrten wieder um und wiederholten ihre Runde. Elfenbein und Ebenholz. Die Finger waren Hufe, klapperten dahin auf öden parallelen Spuren, schleppten einen Planwagen hinter sich her. Dann endlich fielen die Pferde in Trab, auf – ab, auf – ab, aber man ahnte schon das erste Hindernis am Horizont. Die Indianer hatten einen Hinterhalt gelegt, schon kam der erste falsche Ton, fis, rief die Mutter, Juttas Pferde scheuten, wieherten und gingen durch: Verheddert Leinen, der Planwagen schwankte, die Cowboys fielen vom Bock. Grinsende Indianer. Alle Cowboypferde stürzten in den Sumpf. Wiehern und Schreie, Schwarzwasser spritzte, Gurgelgeräusche, dann Bläschen und Ende.

Katrin starrte zum Klavier. Mutter pochte mit der Feile auf das Heft und sagte: Hier sind deine Hausaufgaben.

Das Indianerbuch endete gut, der Traum des Jungen Grünvogel erfüllte sich: Er durfte endlich mit den Großen reiten. Das Pferd hieß Sturmwind, pfeilschnell jagten sie dahin. Eine Büffelherde zog vorbei, der Boden bebte. Jutta donnerte falsche Akkorde.

Mutter drohte ihr mit der Feile: Du gehst zurück ins Bett und schonst dich, wenn du nicht anständig übst. Der Wurm kroch wieder los und wand sich über Elfenbein und Ebenholz.

Marie versteckte ihr Buch und schrieb das Aufsatzthema in ihr Heft: Der Frühling kommt, wir freuen uns. Die Lehrerin der vierten Klasse war fast so alt wie Mamatschi. Sie war eingesprungen, denn auch in der neuen Schule in der Stadt gab es zu wenig Lehrer. Sie hatte einen Spitznamen: die Pfütze. Wässrige rote Augen, lila Tränensäcke. Vormittags war ihr beim Vorlesen beinahe die Stimme gebrochen. Die liebe Sonne schickte ihre Strahlen auf die Erde, Blümelein erhoben ihre Köpfchen, Lämmer sprangen, Nachtigallen sangen süße Melodeien. Kein Grund zum Weinen. Aber auch Mamatschi wurde im Frühjahr rührselig: Einmal will ich noch die Forsythienblüte sehen.

Marie packte die Buntstifte aus ihrem Federmäppchen. Mit dem Lineal zog sie ein grünes Kästchen um den Titel. Sie malte es gelb aus. Sie zeichnete eine lila Wellenlinie um das Kästchen. Sie schmückte die Wellentäler mit blauen Punkten. Der Frühling kommt, wir freuen uns. In der Stadt gab's keinen großen Garten mehr. Aber im Hinterhof stand ein Kirschbaum zum Klettern. Man konnte mit Tischtennisschlägern und Flummis Rückschlag an der Wand spielen. Oder man übte Federball über die Mauer. Der Hof war etwas abschüssig, man konnte eine Wasserstraße anlegen und Ameisen auf Kirschbaumblättern weite Reisen machen lassen, musste sie nur vor dem Gully retten.

Der Frühling kommt, wir freuen uns. Denn man durfte statt Strumpfhosen Kniestrümpfe tragen. Das konnte man nicht im Aufsatz schreiben. Im Frühling ließ der Bauer Weiler seine Kühe auf die Weide. Diese Art Frühjahr war früher, letztes Jahr noch, auf dem Land. Die Eltern hatten erklärt: Ihr habt mehr Gelegenheiten in der Stadt, euch zu entwickeln. Klavierunterricht und Freibad, Kirchenchor und Bücherei, alles in Fuß- und Fahrradnähe. Denkt ihr, wir sind Chauffeure? Wollt ihr das halbe Leben im Bus verbringen?

Marie stand auf und stellte sich ans Fenster, um nach dem Frühling Ausschau zu halten. Unten auf der Straße ging Joringel, Daggis ältester Bruder. Der Lehrling Holger aus der Schuhblitzbar, eine Bohnenstange mit Pilzkopf, mit wehenden Haaren. Jetzt hielt er einen Bruder an der Hand und trug den kleinsten Bruder auf den Schultern. Grünvogel und Sturmwind machten einen Ausritt. Der Winzling schaute von Holgers Schultern aus sorglos und freundlich in den Tag hinein, er wusste nichts von Aufsätzen. Was dachte er? Marie kratzte sich mit dem Stift am Kopf. Pferd und Reiter waren heiter, gingen vorwärts, immer weiter. Streiter, Leiter, breiter, zweiter.

Drei Brüder statt drei Schwestern haben, so wie Daggi. Aber die sagte, sie hätte gern Schwestern. Reiter, Pferd und Knecht verschwanden aus dem Blickfeld. Vor der Berufsschule hielt ein Bus, der Fahrer rauchte aus dem Fenster. Vater hasste es, dass er den Motor nie abstellte, wenn er selbst seinen Mittagsschlaf hielt. Immerhin störten ihn keine Nachbarn mehr, die mittags Holz sägten oder die Wiese mähten.

Hier in der Stadt im Hinterhof lag neben der Garage ein großes Beet, in dem der Kirschbaum wuchs. Von einem Ast aus kam man aufs Garagendach und konnte dort sitzen, im Sommer versteckt im Kirschlaub.

An der hohen, efeuüberwucherten Mauer hinter dem Baum hatten die Ameisen eine unterirdische Burg. Oberirdisch rannten ihre Kundschafter, oder sie standen still und witterten. Ameisen konnten nicht schlendern. An der Mauer wuchs Farn. Jetzt im Frühjahr, bevor sich die Stiele zu Wedeln ausrollten, waren sie noch nicht pures Grün, sondern

Grüngold. Sie sahen aus wie Bischofsstäbe. Oder wie der Drachenvogel am Bug der Galeere bei Asterix.

Asterix und Donald Duck waren von Daggi ausgeliehen, obwohl die Eltern Comics einen Schund nannten. Aber Katrin hörte zu, wenn Marie ihr daraus vorlas und sie zusammen die Bilder besahen.

Mutter hatte mehr von Daggi wissen wollen: Wo wohnt sie? Deichstraße, gleich bei der Brücke. Was macht ihr Vater beruflich? Pförtner beim Zementwerk. Weil er humpelt, weil er im Krieg im Osten einen Fuß verloren hat. Die Mutter sagte, ein armer Mann. Man kann nur hoffen, dass die Kinder ihrem Vater helfen. Jetzt hör mal zu, Marie. Pförtner ist ein schöner, wichtiger Beruf. Aber deine Dagmar wird im nächsten Jahr wohl kaum mit dir aufs Gymnasium gehen. Warum hängst du dich an sie? Du kannst hier zu Haus mit deinen Schwestern spielen. Wir möchten nicht, dass du dich in der Altstadt rumtreibst. Vater hat es euch erklärt: Das ist keine gute Gegend. Zweifelhafte Gasthäuser. Weinstuben! Kaschemmen! Da lungern Binnenschiffer rum, und die sind keine Chorknaben.

Marie spitzte den Bleistift und setzte sich an den Tisch zurück. Natürlich kannte sie dunkle, verrauchte Kneipen. Sie hießen Wilder Mann oder Kajüte. Daggis Mutter arbeitete in der Kajütenküche. Einmal hatten Daggi und Marie sie abgeholt. Hinter der Wirtshaustür hing ein schwerer Filzvorhang, er duftete, Marie dachte ans Hühnerhaus. Im Schankraum der Kajüte war es laut. Männer spielten Karten oder würfelten, ein Alter mit Vollbart balancierte auf den Knien eine Quetschkommode, ein Schifferklavier. Schwungvolle Schunkelmusik.

Endlich schaffte Jutta auch das Bachpräludium. Wenn Mutter es spielte, glitten ihre Hände über die Tasten, als könnten sie über Wasser laufen. Jutta klappte ihre Notenhefte zu und verschwand hustend im Zimmer der beiden Großen.

Barbara kam rein und sagte, meine Hausaufgaben sind fertig. Mutter fragte, soll ich dir das glauben? Ja, rief Barbara und ging schnell runter in den Hof.

Katrin hatte die Rechenaufgaben gemacht und musste jetzt ihr Diktat verbessern. Überschrift: So ist es richtig. Die Mutter fragte: Wie buchstabierst du Flasche? Katrin sagte: F, l, a, s, c, h, e. Richtig, sagte Mutter. Das schreibst du in Schönschrift fünf Zeilen lang und setzt hinter jede Flasche ein Komma! Dann darfst du an die frische Luft.

Der Frühling kommt, wir freuen uns. Auch Marie wäre gern draußen, um Rückschlag zu spielen. Daggi übte in den Schulpausen Gummitwist, sie kam fehlerfrei hoch wie niemand sonst. Die meisten scheiterten schon beim Kommando Hüfte, die lange Daggi kam bis zum Kommando Taille. Marie hatte der Mutter begeistert erzählt, sie springt wie ein Flummi!

Mutter hatte gesagt: Du brauchst auf dem Gymnasium im nächsten Jahr kein Gummitwist, da brauchst du Grips. Du gehst nicht mehr zu ihr nach Haus. Wenn du deiner Dagmar etwas Gutes tun willst, bastelst du ihr eine Zeitung. Schreib ihr einen Witz ab, erfinde eine Geschichte, dann übt sie das Lesen. Stell ihr Silbenrätsel, Rechenaufgaben, Quizfragen zum Wissen über Pflanzen. Zeichne ein paar Teekessel zum Wörterknobeln. Dann heftest du die Blätter schön zusammen und bringst sie ihr in die Schule mit. Sie sollte von dir lernen!

Asterix war klein und klug, doch Obelix war lustig, groß und stark, prallvoll mit Zaubertrank. Im Boot auf hoher See rieb er sich strahlend die Hände, als das Piratenschiff in Sicht kam. Bei den Seeräubern saß im Mastkorb ein Mann, der konnte kein r aussprechen. Galee'e an Steue'bo'd! Sie sind schnelle' als wi'!

De' F'ühling kommt, wi' f'euen uns. Im Hinterhof im Beet blühten die Tulpen, gelb, orange und lila. Marie sah sich die Überschrift der Hausaufgabe an, es fehlte kein R. Sie zeichnete eine gelbe Zickzacklinie um die lila Wellenlinie und verzierte sie mit orangen Punkten.

Die Mutter kam zu ihr und fragte: Wirst du mit deinem Aufsatz fertig? Sie sah das weiße Blatt und die geschmückte Überschrift.

Die Pfütze soll zum Teufel gehen, murmelte Marie. Man wünscht niemanden zum Teufel, sagte Mutter, die Sonne scheint, wen meinst du mit Pfütze? Niemanden, sagte Marie. Sie starrte auf das Heft. Mir fällt nichts ein!

Mutter legte eine Hand auf ihre Schulter: Frau Härtling hat dir für den letzten Aufsatz eine eins gegeben und du durftest vorlesen.

Marie rief: Hochwasser!

Die Geschichte zu schreiben war spannend gewesen. Der Fluss stieg an, riss Mensch und Tier mit sich, in höchster Not erschien ein Rettungsboot.

Die Mutter sagte: Ostereier suchen. Rollschuhlaufen. Was machst du denn im Frühling noch? Gib dir Mühe. Dann fließen die Ideen.

Marie stieß das Heft weg: Es fließt nichts!

Mutter fragte: Meinst du, du bist Goethe und hast eine Schreibkrise? Mach deine Schularbeiten, Punkt. Vorher gehst du nicht raus.

Der Frühling kommt, wir freuen uns. Marie sah aus dem Fenster. Oben am Himmel zogen Wolken, waren friedfertig, gelassen, würdevoll und feierlich. Sie wussten, das Gewimmel unter ihnen reichte nicht an sie heran. Das Dach der Schule gegenüber wollte auch mitziehen und es gab sich alle Mühe. Für Augenblicke schien es das Fliegen zu schaffen, aber dann stand es wieder still und trauerte. Eine Krähe schwang sich vorbei, setzte sich auf den First. Wahrscheinlich hatte sie nur Hohn und Spott fürs Dach übrig, denn Krähen waren selten freundlich. Die Kastanien vor der Schule blühten. Dazu sagte die Pfütze: Sie stecken ihre Kerzen auf. Interessanter waren die klebrigen Knospen. Später, im Herbst, lachten die grünen Stachelbälle einen verführerisch an, sie stachen grün und strahlten grün und in ihnen glänzten die braunen Früchte, mit denen man basteln konnte. Bis sie vertrockneten und runzlig wurden, so wie bei Rübezahl die Gespielinnen der Prinzessin. Aber Kastanien waren freundliche Bäume, anders als Eiben, die lächelten leise und giftig und böse aus weichen Nadeln.

Katrin verschwand, riss im Flur das Fenster auf und rief zu Barbara in den Hof: Galee'e in Sicht! Wi' g'eifen an!

Mutter schlug Katrins Heft auf und pfiff sie zurück.

Geduckt saß die Schwester wieder am Tisch.

Was hast du da geschrieben? Lies es vor!

Katrin las leise: Valche, Valche, Valche, Valche, Valche. Genug, sagte die Mutter. Katrin brach in Tränen aus.

Marie duckte sich auch. Der Frühling kommt, wir freuen uns.

Mutter fuhr Katrin übers Haar, verstehst du deinen Fehler? Katrin nickte. Wie heißt es richtig? Buchstabiere. Katrin sagte: F, l, a, c,

Marie rief, s! Du hältst dich raus, rief Mutter, kümmere dich um deinen Aufsatz!

Weißes liniertes Blatt.

Draußen am Himmel zogen lichte Wolken geruhsam und staunten mäßig über die Welt. Ungreifbare Wolken. Könnte man auf einer reiten wie auf einem Pferd, oder würde man nass? Sie waren aus Wasser gemacht. Die meisten waren größer als Menschen und Tiere. Oben auf einer Wolke will ich sein und heiter vor mich hin stapfen. Ziehe die Füße aus dem hellen Schaum, schüttle sie aus und stapfe weiter, hinterlasse in den Wolken Spuren. Nehme Anlauf, springe von einer zur nächsten. Liege bäuchlings auf dem Rand der Lieblingswolke, raste, sehe runter auf das Schuldach, auf die Kronen der Kastanien. Nur ich allein weiß eine, meine Ameise: Sie hat das unterirdische Burggelände beim Farn an der Mauer hinter dem Kirschbaum verlassen, überquerte die Straße, kam zur Kastanie vor der Schule. Unermüdlich auf sechs Beinen stieg sie den Stamm hoch, bis in den Wipfel. Sie mied die Kerzen, suchte sich im winddurchfächelten Laub eines der höchsten Blätter, es wiegte sie, es war ihr Luftboot. Und mit erhobenen Fühlern winkte sie der fortziehenden Wolke einen Gruß nach.

Marie zeichnete Wolkenbänke auf ihr Löschblatt. Dann eine Sonne mit neun Strahlen, die eine Stachelkastanie war. Wir freuen uns, der Herbst kommt. Vorher der Sommer. Jetzt der Aufsatz. Sie sah sich im Zimmer um, suchte nach einer Idee. Auf dem Klavier stand neben den Notenstapeln ein tönerner Kuckuck. Ei-er-schluck, sag-mir-doch, wie-viel-Jah-re-leb-ich-noch. Sängerwettstreit mit dem Esel. Aber Frau Nachtigall, die ist im Musikantenreich die wahre Königin. Melodeien. Pfütze. Aufsatz.

Marie ging ans Fenster, riss es auf: Man erstickt hier drinnen! Die Mutter sagte, niemand erstickt.

Draußen lief Elke Rollschuh, ruderte mit den Armen. Beim Gummitwist versprang sie sich schon beim Kommando Kniekehle. Aber bei ihr zu Hause gab es einen Swimmingpool, und Daggi wählte sie beim Völkerball immer zuerst. Daggi war das Ass im Sport, Elke im Rechnen. Die ersten Plätze in Deutsch, Religion und Heimatkunde waren von anderen Kindern belegt. Der Vater sagte: Es ist falscher Ehrgeiz, nach Noten zu schielen. Ihr lernt für das Leben!

Marie war nicht besser im Rollschuhlaufen als Elke. Sie ruderte selbst, stolperte, schlug hin. Grünvogel war anfangs oft vom Pferd gefallen, er hatte sich nicht entmutigen lassen. Marie musste trainieren, sie musste raus auf die Straße.

Sie schrieb hastig los, etwas von einem Wettkampf der Rollschuhläufer im Frühling. Sie schmierte große Buchstaben, legte das Heft der Mutter hin. Zappelte vor Ungeduld.

Mutter schüttelte den Kopf: Meinst du, Frau Härtling will dein Gekrakel lesen?

Eine Ameise schrie unerschrocken: Ja!

Marie starrte die Mutter an und wagte keine Antwort.

Mutter fragte: Soll ich dir diese Kritzelei durchgehen lassen?

Bitte, sagte Marie.

Der kranke Raum

Er war Teil einer Wohnung in einem Hochhaus. Der Herrscher des Raumes hatte den Namen Frau Zong. Der Herrscher war groß und schlank und trug weiße und weite Kleidung, Hosen, ein Hemd, er war barfuß, seine Zehen waren lackiert. Er war Arzt und Priester zugleich.

Sünder und Kranke kamen zu Frau Zong und solche, die künftig nicht sündig und krank werden sollten.

Der Vater gab den Segen und die Mutter lieferte die Kinder ab.

Immer schon waren andere Jungen und Mädchen da.

Man musste seine Kleider ausziehen, stand da in Unterhose und Unterhemd.

Alle Kinder wurden in den kranken Raum geschickt.

Der kranke Raum: Die Wände waren mit Öl gestrichen. Linoleumboden. Sprossenwände. Matten. Lederbälle. Ein roter Blecheimer mit Murmeln. Unter dem breiten Fenster die Heizung, auf der Frau Zong saß. Ihr gegenüber ein Vorhang, dahinter das Allerheiligste, das Herz der Finsternis, eine Liege mit einer Decke.

Der Raum hatte Pilze. Der Raum hatte Pest. Man ahnte es, wenn man sich ausziehen musste. Aber man wusste es nicht. Was wussten Jutta, Barbara, Marie und Katrin und die anderen Kinder schon von der Pest? Doch einige von ihnen ahnten, der Raum war krank.

Man witterte es, wenn man auf Zehenspitzen hineingehen musste.

Frau Zong stand vor der Heizung vor dem Fenster. Sie schlug das Tamburin drei Mal. Da waren alle Kinder verwandelt, sie waren Kanarienvögel. Sie hockten stumm zu Füßen Frau Zongs und wagten es nicht, aufzusehen.

Es gab zwei Möglichkeiten, auf der Welt zu sein: als kranker Kanarienknochen oder als gesundes Gleichgewicht, als aufrechter Gang. Auch der Vater war einmal ein kranker Kanarienknochen gewesen. Da hatten sie ihn vergeblich gemartert, denn er war bucklig geblieben. Die Zeiten der Marter waren vorbei. Die Arbeit von Frau Zong bestand darin, die Kinder, die man zu ihr schickte, neu zu formen. Der Vollzug war Facharbeit an Kindern.

Linoleumboden. Ölfarbe an den Wänden. Verruchte Matten. Der Vorhang vor dem finsteren Herzen.

Im kranken Raum waren die Kinder im Vollzug.

Frau Zong schlug auf dem Tamburin den Takt. Die Kanarienküken hüpften. Sie hingen an Sprossen und hoben und senkten die Beine. Sie knieten auf Matten auf allen Vieren und drehten die Köpfe in Kreisen. Sie schlugen mit ihren Flügeln, ohne vom Fleck zu kommen. Murmeln rollten durch den Raum, die Kanarienküken hoben sie auf, mit schmutzigen, stinkenden Krallen. Mit ihren Murmeln in den Krallen humpelten die Küken durch den Raum und legten sie in den roten Eimer aus Blech zurück.

Seid fleißig, mahnten die Mütter, bevor die Kinder zum Vollzug gingen.

Wer nicht fleißig ist, muss nackt vorturnen, drohte Frau Zong. Oder es gibt Einzelstunden, und ihr könnt euch nicht mehr hinter anderen verstecken. Ihr kommt auf die Liege.

Jutta und Katrin wurden bald befreit. Die anderen Kinder wurden ausgezählt. Das Auserwähltsein war kein großes Glück. Mag sein, es war ein gegenseitiges Entgegenkommen. Barbara flüsterte Marie zu, dass sie es geahnt hatte. Auch Marie wusste Bescheid: Hinter dem Vorhang wartet der Widersacher des feurigen Pferdes.

Alles im kranken Raum war Facharbeit. Alles war das

Spiel des Herrschers. Was er erdachte, konnte sich in Wirklichkeit verwandeln, jeder wusste das.

Barbara und Marie wussten auch, an anderen Kindern war schon die Todesstrafe vollzogen worden. So hatte Herodes es angeordnet, für Bethlehem und Umgebung. Oder ein Menschensohn wurde verwandelt, er wurde als Lamm geopfert. Gott erlaubte, Tiere anstelle von Menschen zu schlachten. Isaak, der Sohn des Abraham, lag schon gefesselt auf dem Opfertisch, als er gerettet wurde, dafür musste ein Widder sein Leben lassen. Gott wollte keine toten Kinder. Er sprach nur, lasset die Kindlein zu mir kommen.

Der kranke Raum war dafür gedacht, aus sündigen kranken Jungen und Mädchen gesunde Menschen zu machen. Sie zogen ihre Kleider aus und gingen in die Lehrstunde, geleitet von Frau Zong.

Maries Herz schlug im Hals. Sie stieg nachts aus dem Bett. Barfüßig kam sie im Wohnzimmer auf dem Sofa bei ihren Eltern an.

Vater und Mutter sagten: Gott und Menschen wollen keine Kinder opfern, du hast geträumt.

Was sollen denn verruchte Matten sein, meinst du verraucht? Unmöglich. Frau Zong raucht nicht. Sie benimmt sich vorbildlich, ist in der ganzen Stadt geachtet. Es gibt in Wirklichkeit auch weder einen Vorhang noch ein Tamburin. Frau Zong klatscht in die Hände und ihr springt. Du hast geträumt. Ihr habt in eurem Übungsraum auch keinen roten Blecheimer, ihr habt einen blauen Eimer aus Plastik für eure Murmeln. Frau Zong hat Kinder gern, weil sie kein eigenes hat. Sie würde euch niemals drohen, das ist undenkbar. Du musst dich nicht fürchten, zu ihr zu gehen. Beruhige dich, sie kann kein Kind in ein Kanarienküken verwandeln. Oder hast du Beweise? Ausgeschlossen. Siehst du an dir vielleicht Flügel und Krallen? Du hast geträumt.

Kleiderkammer

Dort empfangen die Soldaten ihre Uniformen. Das Zimmer gehörte normalerweise den beiden Großen. Wenn Mutter Besuch bekam, von Freundinnen, Verwandten oder Nachbarinnen, besetzten sie das Zimmer. Die Großen hielten sich freiwillig bei den Kleinen auf.

Als Tante Niko wieder einmal anreiste, schenkte sie Mutter eine Flasche Badeschaum und ein paar Kochrezepte, damit war zwischen den beiden alles in Ordnung. Mutter dankte herzlich und servierte Kaffee und Kuchen als Stärkung, bevor die Arbeit losging. In Tante Nikos Koffern waren immer abgelegte Kleider ihrer weitläufigen Verwandtschaft, die wurden auf Qualität hin geprüft, anprobiert und manchmal abgesteckt. Wenn sie ging, waren die Koffer voll mit anderen abgelegten Sachen.

Der Raum der beiden großen Schwestern wurde eine Kleiderkammer. Mutter und die Tante wurden Generäle, die Kinder das Fußvolk.

Sie saßen zu viert im Zimmer der beiden Kleinen, beschäftigten sich mit irgendwas. Die Tür war nur angelehnt. Man hatte keine Geheimnisse voreinander. Man war erreichbar.

Barbara sagte, ich bin nicht da.

Man hörte, wie die Tür des großen Schranks im Zimmer nebenan geöffnet wurde, sie quietschte. Man hörte ein metallisches Geräusch, Kleiderbügel wurden auf der Schrankstange herumgeschoben. Man hörte Satzfetzen: Immer noch wie neu. So frische Farben.

Ein Pfiff kam, dann wurden zwei Namen gerufen: Marie und Katrin!

Barbara sagte: Abmarsch, ihr Kleinen!

Die sputeten sich.

Sie standen vor der offenen Kleiderschranktür. Juttas und Barbaras Betten waren mit Röcken, Pullovern, Gürteln, Hosenträgern, Strumpfhosen bedeckt.

Zieh die Hose aus. Probier den Faltenrock. Mach kein Gesicht.

Katrin sagte, der Rock kratzt. Von wegen, sagte Mutter. Reines Polyester! Außerdem ist es ein Winterrock, dann trägst du Strumpfhosen darunter. Zieh deine rote eben mal an. Die Strumpfhose kratzt auch, sagte Katrin. Mutter sagte, keine Widerworte.

Marie wollte sich davonmachen. Hiergeblieben, sagte Tante Niko und fragte Mutter: Was hältst du von dem Trachtenjäckchen? Sie sagte zu Marie, schlüpf da mal rein. Nun beul nicht gleich die Taschen aus. Raus mit den Händen. Deine Cousine hat dies Jäckchen gern getragen. Ist das ein Fleck auf dem Ärmel? Immer verdirbt sie alles. Die Mutter sagte, man kann's mit Benzin versuchen. Tante Niko fand, das Trachtenjäckchen steht Marie kein bisschen. Sie ertrinkt darin! Mit dem Unterhemd darunter sieht sie aus, als wäre sie dem Waisenhaus entsprungen. Natürlich muss sie einen Pulli tragen, meinte Mutter. Aber der Hals ist zu nackt. Die Tante sagte, Bluseneinsatz. Mutter nickte. Marie, du holst von nebenan deinen blauen Pullover und eins von den weißen Betrügerchen. Bring Jutta mit, rief die Tante.

Marie wühlte in der Kommode im Zimmer der Kleinen und sagte zu Jutta, Abmarsch! Barbara sprang Trampolin auf Katrins Bett und sang, Abmarsch, Abmarsch!

Die Kleiderkammer roch nach Pantoffeln, Heizung, nach Schweiß und nach Frauen.

Mutter rief: Das ist der falsche Betrüger! Wir brauchen einen richtigen, mit Rollkragen, der Bubikragen hilft nicht! Marie beeilte sich, den richtigen zu bringen.

Jutta stand in Unterhemd und Unterhose da. Wird Zeit für einen BH, sagte Tante Niko. Da ist noch nicht viel, sagte Mutter und packte zu. Das ist noch keine Handvoll. Jutta wurde rot.

Die Anweisungen kamen in rascher Folge: Kopf hoch, Brust raus. Zieh über. Halt dich gerade. Dreh dich. Mach ein paar Schritte am Fenster. Steh nicht wie ein Ölgötze da!

Marie zog das Trachtenjäckchen aus. Jutta zog ein Kleid mit Punkten über. Katrin zog ihre rote Strumpfhose aus. Marie zog den Rollkragenbeträger an, dann den Pullover, dann das Trachtenjäckchen. Jutta drehte sich. Katrin holte Barbara. Marie hielt sich gerade. Barbara zog ihre Hose aus. Jutta machte ein paar Schritte am Fenster. Katrin zog eine grüne Strumpfhose an. Marie hielt sich weiterhin gerade. Jutta zog das Punktkleid aus, schlüpfte in einen Faltenrock. Katrin hob die Arme, machte am Fenster ein paar Schritte. Barbara zog das Punktkleid an und zog ihren Bauch ein und streckte die Brust raus. Tante Niko sagte, auch da ist noch nicht viel. Aber Jutta wird langsam rund um die Hüften. Mutter nickte: Das sagte Doktor Dilger neulich auch, ihr Becken ist gebärfreudig. Und vielleicht braucht sie wirklich bald einen BH.

In der Kleiderkammer roch es nach Schweiß, nach Heizung und Dampf. Dort wurden Brüste erwogen und Hüften ermessen. Es war nicht die Mutter, es war die Tante. Oder eine Stiefmutter. Es roch nach Kanarienküken, nach Hühnerknochen, nach Knacken, Brechen.

Alle Kinder schämten sich.

Tante Niko holte aus der Nähstube das Zentimetermaß und Nadeln. Katrin stellte sich auf einen Stuhl. Mutter steckte den Faltenrock ab. Die Tante sagte, Katrin hat einen Hängebauch. Oder ist das noch Babyspeck? Sie klopfte Barbara auf die Schulter: So eine schöne Skihose! Mit diesen Gummibändern an den Füßen kann ich nicht zur Schule, sagte Barbara. Fußstege sieht kein Mensch, wenn du die Stiefel anhast, sagte die Tante. Nein nein nein, rief Barbara. Mutter ließ Katrin auf dem Stuhl stehen, sie starrte Barbara lange an. Jutta übersetzte wieder einmal Gedanken und Blicke. Sie fragte Barbara, willst du die Mutter traurig machen?

Marie verdrückte sich ins andere Zimmer, versuchte zu lesen. Von unten aus dem Wohnzimmer hörte man den Vater auf der Schreibmaschine hacken.

Barbara holte sie zurück. Sie trug ein blaugrün kariertes Kleid und sah aus wie ein Häftling. Tante Niko hatte insgesamt vier solcher Kleider in vier Größen mitgebracht. Oben glatt mit einer kleinen Brusttasche, unten mit Faltenrock. Eingekauft von Tante Rose, die ihre Nichten zur Feier des runden Geburtstags von Oma Hanna gerne adrett sehen wollte. Auch Jutta, Katrin und Marie zogen je eines an. Mutter zweifelte, sie schickte Tante Niko runter, die kam mit Vater zurück. Da hast du deine vier Orgelpfeifen, sagte sie, was meinst du? Vater segnete sie ab und wollte wieder an die Schreibmaschine. Mutter war nicht einverstanden. Sieh dir deine Töchter richtig an! Die Kleider von Marie und Barbara sind viel zu groß, die beiden sehen aus wie schiffbrüchig! Schieß ihnen Butterkugeln in den Bauch, sagte der Vater und zog sich zurück.

Mutter und Tante Niko dampften weiter. Rote Köpfe, schnelle laute Stimmen. Es war eine fiebrige Stimmung, es war eine Frauenschlacht in der Kleiderkammer. Frauen gegen Frauen, Hosenträger, Strumpfhosen und Frauen gegen Kinder, Faltenröcke und Betrüger, Kinder gegen Trachtenjäckchen, gegen Frauen. Alles wurde schneller, lauter.

Dann packte Katrin sich beim Fuß und riss sich mitten entzwei. Marie verwandelte sich in ein Bächlein und versickerte im Boden. Barbara verlor den Kopf und Jutta schnitt sich die Zunge ab. Es war aber nichts passiert.

Tante Niko nahm sich eine Zigarette, rauchte aus dem offenen Fenster. Marie steckte den Daumen in den Mund.

Mutter hängte Kleider auf Bügel. Sie faltete Blusen. Wenn meine Kinder nackt rumlaufen wollen, bitte, sagte sie in die Luft. Ich kann diese vier Gören nicht mehr sehen. Tante Niko klopfte ihr die Schulter: Sie werden bald genug erwachsene Frauen. Sei froh, dass sie noch klein sind.

Ich will eines Tages bloß ein Mensch sein, sagte Barbara. Da rutschte der Tante die Hand aus.

Bergpass

Vater schmetterte: Kennst du das Land, kennst du es wohl? Er wollte zu den alten Römern nach Italien. Mutter war einverstanden. Ein Onkel besaß in Madesimo eine Ferienwohnung und vermietete sie zu Freundschaftspreisen. Die Kinder freuten sich auf Eis, das beste machten die Italiener.

Doch vor dem Land der Zitronen standen Gebirge, so wie vor dem Lohn eine Mühe steht.

Sie fuhren los, sie fuhren lange, dann kamen schneebedeckte Höhenzüge, schwarz und weiß.

Im Ort, der Splügen hieß, nicht Sprüngli, ihr habt nur Schokoladensorten und Eis in den Köpfen, wollte Vater ein Foto schießen: Meine fünf Rüben stehen vor den Bergen. Aber ihr seid zu groß. Ich kriege die Berge nicht mit drauf. Entweder ihr hier unten oder die Höhe plus Himmel.

Mutter verteilte Süßigkeiten und sagte, heiliger Christophorus, hilf uns. Der Riese auf dem Medaillon an Vaters Autoschlüssel trug das Jesuskind und watete durchs Wasser.

Vom Himmel fiel feiner Regen. Vater schaltete den Scheibenwischer ein, fuhr los und hoch in die Wände aus Stein.

Und Eulenspiegel lacht beim Aufstieg. Und die Rüben haben frisches Blut und singen und sie essen Schokolade. Dann singen sie nicht mehr.

Das Fahren auf der schmalen Straße war ein Kriechen, Schieben und Stemmen. Marie sah durch die beiden Vordersitze, Vaters rechter Fuß stand auf dem Gaspedal wie festgenagelt.

Wenn man nicht fährt, dann rollt man abwärts und stürzt in die Schlucht, man muss nach oben sehen, dann wird man nicht seekrank, aber hier war keine See, hier war kein Platz mehr für Häuser, hier drückten Wände. Vater fuhr Kurven, Schlieren, Haarnadeln, der Scheibenwischer quietschte.

Wer sich umdreht oder lacht, der kriegt den Buckel blau gemacht, Christophorus geht mit dem Plumpsack rum und stiefelt durch ein Meer aus Stein, und Rübezahl mit Nagel- schuhen ist der Herr der Berge, ist gefürchtet, launisch, Tritt um Tritt und Nadeln, Spitzen, Kehren, wer den Schritt nicht halten kann, macht Plumps, der dumme Eselsmann aus al- ter Römerzeit geht neben seinem Grautier her auf Schusters Rappen, Raben segeln durch die Luft und warten auf den Fraß in einer Schlucht.

Die Laubbaumgrenze, sagte Vater. Er zeigte durch den Regen auf die Bäume, merkt es euch, hier wachsen nur noch Nadelhölzer.

Dann gab es keine Nadelbäume mehr, nur schimmern- den Asphalt, rostige Leitplanken, nur Kurven, Wände, Gale- rien, Tunnel, Haarnadeln und Regenschlieren, Nebelwolken, Schieferwellen, Wogen, auf und ab, ein Meer aus Stein.

Wenn wir oben sind, sagte der Vater, sehen wir den Him- mel offen. Der Pass ist eine Wetterscheide!

Die Welt, das war Geröll und Schnee und Grasmatten und Nebelfetzen. Vater hielt an einem Schilderpfahl und sagte, aussteigen. Das ist der Pass.

Alle stiegen aus und drehten sich im Kreis. Sie waren groß und klein. Fußpfade führten in alle Richtungen. Sie standen auf der Welt. Sie würden nicht von ihr stürzen.

Vater sah zur Wolkendecke auf und zeigte in den Ne- bel geradeaus: Süden. Ihr geht auf den Spuren der alten Rö- mer! Ein Pass ist eine Lebensader für die Menschheit, für den Austausch der Völker untereinander. Ein Pass ist noch mehr! Wir müssen weit zurück in die Zeit vor Adam und Eva, zurück in die Erdgeschichte. Ihr befindet euch an einer Wasserscheide, rief er, und in seinen Augen standen Trä- nen. Nicht viele Menschen haben schon in jungen Jahren die

Gelegenheit, an einem solchen Übergang zu stehen. Jutta, Wasserscheide?

Sie trennt zwischen den Flüssen. Einige laufen zur Nordsee, zur Ostsee und zum Atlantik, andere führen ins Mittelmeer.

Beispiel, rief Vater, Barbara!

Der Rhein fließt in die Nordsee, der Po fließt in die Adria.

Ich bin mit meinen beiden großen Rüben sehr zufrieden, sagte Vater. Katrin, wo stehst du?

Hier, sagte Katrin und ließ einen Schneeball hinter dem Rücken fallen.

Genauer. Wie heißt dieses hier?

Sprüngli, sagte Katrin.

Wehe, sagte der Vater. Aber du bist entschuldigt. Marie, wo stehst du?

Barbara gab ihr den Passnamen zur Sicherheit in Fingersprache weiter.

Alles in schönster Ordnung, sagte Vater.

Aber der Himmel war sonnenlos. Und wäre man jetzt bei den alten Römern oder bei Adam und Eva oder noch weiter zurück, dann wüsste man nicht, wo Süden wäre, es gäbe kein Auto, auch Riesen und Berggeister lebten nur in den Sagen, daher wäre man allein, verlaufen in der Wüste, müsste loswandern aufs Geratewohl in alle Richtungen bergab, bergauf, nirgendwohin, irgendwohin, man müsste immer weiter, liefe aber doch im Kreis, so wie die Menschen in der Wüste, die vor dem Verdursten zuletzt eine Fata Morgana sehen.

Der Vater startete das Auto und er sang, von nun an geht's bergab. Er rief, und schwupp, und schwupp, er nahm die Kurven beschwingt.

Aber da weint Till Eulenspiegel, denn nach dem Lohn kommt die nächste Mühe, und immer so fort. Gegen die Gesetze der Natur kann nicht einmal ein Rübezahl was ausrichten. Erst dies, dann das, erst sind die Rüben frisch und rund, dann kommt die Kehre und dann humpeln sie an Krücken, werden bleich, runzlig und abgezehrt, sie schrumpfen und Christophorus ertrinkt im Stein, und schwupp und schwupp und alle Rüben sind ein Plunder, schlagen gegen Fels und stürzen aus der Welt, aber das war nur ausgedacht. Selbst der Grund der nächsten Schlucht war ja noch Welt.

In Wirklichkeit gab die Mutter Erfrischungstücher nach hinten: Zitrone hilft gegen Schwüle und Schwindel.

Marie flüsterte, die stinken wie Spüli.

Der Vater rief, Lügen! Das hier ist der Splügen, wir fahren nach Süden!

Die Mutter kurbelte ihr Fenster runter und ließ frische Luft herein.

In der Küche

Katrin fragte, warum wird der Himmel abends rot? Mamatschi sagte: Um diese Jahreszeit feuern die Englein oben ihren Ofen ein, sie wollen Weihnachtsplätzchen backen.

Keine der Enkelinnen widersprach ihr, denn das, was Vater vom Himmel erklärte, war unverständlich. Er sprang in einem Satz von himmlischen Gestirnen auf die Erde und ins Herz der Menschen, ins ehrfürchtige Gemüt. Er sprach von den Naturgesetzen und von dem moralischen Gesetz. Wer beiden folgte, blieb nicht dumm, der ging durch Nacht zum Licht.

In der dunklen Jahreszeit begann die Weihnachtsbäckerei im Himmel und auf Erden. Samstag mittags im Advent ging es los und endete abends. Meistens wurden drei, vier Sorten hergestellt. Backen ist kein Spaziergang, sagte Mutter, und, der längste Marsch beginnt mit einem Schritt.

Alle Frauen tauschten Rezepte. Die Namen waren verheißungsvoll oder noch fremd und geheimnisvoll: Zimtsterne, Spritzgebäck, süßer Hausfreund. Springerle, Makronen. Mandelaugen, Jungferntrost. Marzipankartoffeln, Pfeffernüsse, Christstollen. Honigkuchen, Früchtebrot und Bärentatzen.

Die Konkurrenz schläft nicht, sagte Mutter, und Frau Dilger ist ohnehin unerreichbar. Ihre Makronen sehen aus wie die vom Bäcker.

Manchmal machte Mutter freitagabends schon die Vorarbeit und stellte einen Teig über Nacht in den Kühlschrank.

Samstags in der Adventszeit bekamen die Töchter Handtücher als Schürzen umgebunden, oder sie trugen Mutters Kittel. Das Kochbuch lag auf der Fensterbank, sie sollten nicht darin blättern. Es waren aber Zeichnungen darin, die aussahen wie Puzzles und den Körperbau von Schwein, Kaninchen, Rind darstellten. Das Buch hatte angerissene Seiten, war voller Fettflecken und Mehlstaub, und Mutter kritzelte Notizen hinein, ihre Abweichungen von den Rezepten.

Dies Buch war ein Knecht, war unvorstellbar im Wohnzimmerschrank. Manchmal dachte Marie daran, wie es sich wohl bei Vaters Dichterfürsten fühlen würde. Der bucklige Zwerg Nase wird vor den Herzog befohlen und weiß nicht, ob man ihn loben oder köpfen wird. Das Kochbuch käme nie hinauf zum Adel, müsste sich nicht fürchten. Es war und blieb ein Küchenknecht, so wie der Kochlöffel, der Messbecher oder das scharfe Messer namens krummer Tod.

In der Adventszeit lieh sich Mutter Frau Dilgers Fleischwolf, der war rot und gusseisern, und der Zusammenbau war Mutters Sache. Barbara und Jutta wogen Mehl, Zucker und Margarine. Sie siebten das Mehl, sie konnten auch Eier teilen. Die beiden Kleinen knackten Nüsse, blanchierten Mandeln, sie ließen die heißen Häutchen flitschen. Marie mochte die zimtbraune raue Haut und das Wort Mandel. Jutta sang das Kinderlied für Agnes, das sie aus der Schule kannte. *Es regt sich im Holunder, es regnet mir herunter Rosin' und Mandelkern. Waldwibichlein das kleine, das goldige das feine, das hat es mir gebracht.*

Als Vater das Mandellied hörte, rief er: Die hat es mir gebracht! Akkusativ Plural! Rosinen und Nüsse! Er runzelte die Stirn: Das Männchen, Singular. Er kratzte sich am Kopf.

Jutta summte und siebte weiter. Mutter sagte: Das Wibichlied ist schön. Aber jetzt haben wir Adventszeit. Besser, du singst *O komm, o komm Emanuel.* Dann fiel der Messbecher auf den Boden, sie sagte, wir singen morgen. Jetzt müssen wir den Überblick behalten.

Also: Gedörrte Äpfel, Birnen, Pflaumen wurden für das Früchtebrot geschnitten, Barbara fischte Eierschalenstückchen aus dem Jungfernteig, die Schokolade blubberte in einer Kasserolle auf dem Herd, und Mamatschi meldete einen Anruf für Mutter, die aus der Küche eilte. Das war die Gelegenheit, zu naschen. Jutta malte Katrin ein Clownsgesicht aus Mehltupfern, und alle Kinder formten Hörnchen, legten sie aufs Blech, es roch verbrannt, und jemand warnte vor Mandeln, die bitteren waren giftig. Der Wolf brauchte Futter, man musste sich sputen, damit ihm der Teig nicht zu warm wurde. Katrin suchte nach ihrer Lieblings-Sternenform und eine erste Ladung Spritzgebäck kam dampfend aus dem Ofen, die Keksstreifen waren mit Schokoladenpinselstrich bemalt und damit Bärentatzen. Barbara vermengte einen Teig von Hand und klebte. Marie wollte die weißen Mandeln hacken, Mutter sagte, lass das Hackebeil in Frieden, nimm den krummen Tod, aber sei vorsichtig. Barbara rief, Marie ist für den Tod zu klein, und Katrin wollte mit dem Wolf spielen und Barbara verbot es ihr, sie sollte Krümel für das Vogelhaus zusammenfegen. Jutta kam nicht mit der Arbeit nach, im Spülbecken im lauen Fettwasser wartete ein Blech, das längst gebraucht wurde, um Kringel und flammende Herzen zu legen. Marie sang Mandelsandel, stand im Weg, und Mutter rief, du Trampel, denn sie hielt ein glühend heißes Blech in dünnen Topfhandschuhen.

Milch schwappte, Katrin klebte, und die Mutter lobte, dass der Hausfreund gut geraten war, viel besser als Makronen, die vom Bäcker oder von Frau Dilger kamen. Allen war zu heiß, und alle wollten fertig werden, doch der Jungfernteig reichte noch für ein ganzes Blech, vielleicht für zwei. Und Vater suchte seinen Anteil Teig, den Mutter für ihn reserviert hatte, noch ohne Backpulver, denn das vertrug er nicht. Und Katrin verbrannte sich ihre Finger und spritzte mit kaltem Wasser. Ihre Sternenform war wieder da.

Die Weihnachtsbäckerei begann mit einem Schritt und war ein langer Marsch. Die letzten Schritte fielen allen schwer, doch Mutter ächzte, was man anfängt, macht man fertig.

Jetzt nur noch spülen, abtrocknen und einräumen, jetzt nur noch alle abgekühlten Plätzchen in Blechdosen legen. Der Vater nahm sich von dem frischen Hausfreund und verschwand. Die Fenster waren beschlagen. Barbara baute den Wolf auseinander, sie wusch die Einzelteile unter heißem Wasser ab. Katrin fand auf der Fensterbank auf dem Kochbuch zwei schmutzige Löffel. Marie fing an, die Küche zu fegen. Mutter sagte, augensauber reicht, sah hin und setzte nach, reicht leider nicht, du musst feucht wischen, wo der Boden klebt. Mamatschi brachte ihre Kaffeetasse und verschwand. Jutta stand vor dem Spülbecken, der Abfluss war verstopft mit weichen bleichen Brocken. Fünf rot erhitzte Gesichter.

Im Märchen tanzten Geiß und Zicklein vor Freude im Kreis. In Wirklichkeit sagte Mutter, jetzt muss ich mich erstmal setzen. Aber es klang wie Jungferntrost und Hausfreund.

Schlösser

Es gab viele Schlösser, die der Vater gerne sehen wollte, wenn er Frau und Kinder sonntags in die Rosinante einsackte, um einen Bogen zu fahren. So nannte er das. Die Kultur auf der weiten Welt war für ihn eine Freude, die wollte er teilen. Die weite Welt fing gleich hinter der Haustür an.

Kein Haus ohne Geschichte, sagte er, keine Geschichte ohne Sprache.

Das Auto rollte geruhsam dahin. Er zeigte auf ein Fachwerkhaus und fragte in die Luft, woraus besteht das Gebäude? Jutta und Barbara rollten die Augen, rempelten sich. Mutter sagte freundlich, aus Balken und Wänden. Das ist das Stichwort, rief Vater, und woraus besteht eine Wand, woher kommt dies Wort?

Schweigen im Auto.

Ihr müsst die Wörter hören und sie klingen lassen, müsst mit ihnen spielen, sie bewegen. Der Vater murmelte hilfreich Wandwandwand. Er wickelte und drehte etwas Unsichtbares um den Kopf. Fällt euch dazu etwas ein? Mutter sagte versuchsweise, der Sultan wand sich ein Tuch um den Kopf. Vater fragte, Präsens? Er windet ein Tuch um den Kopf, sagte Jutta.

Vater nickte, ihr seid nicht dumm. Die Wand kommt vom Winden. Als die Steinzeitmenschen ihre ersten Unterschlüpfe bauten, genügte es ihnen bald nicht mehr, nur ein paar Äste zeltförmig in den Boden zu rammen, um darunter Schutz zu suchen. Sie begannen, mit Reisig zu flechten. Die Hohlräume verstopften sie mit Lehm. So entstanden Wände, aus der Tätigkeit des Windens, das nichts mit dem Wind zu tun hat. Oder, sagte er im verlorenen Ton, ich schlage einmal im Wörterbuch nach, ich habe den Wind nicht bedacht.

Die Töchter sahen seine Gedanken wehen, hörten nicht weiter zu.

Der Vater riss sich zusammen: Wir müssen uns die Stufen der Entwicklung klarmachen. Steinzeitmenschen, Viehhirten und Ackerbauern, es folgten Städte mit Kirchen und Schlössern. Einfaches Volk wohnte in Fachwerkhäusern, während der geistliche und der weltliche Adel sich Prunkbauten aus Steinen mauern ließ. Ihr müsst es euch merken! Ihr werdet diese musterhaften Unterschiede in der Bauweise in eurem Leben später immer wieder sehen!

In manchen Schlössern gab es Führungen, aber der Vater übernahm das lieber selbst.

In einem dieser Fürstenhäuser mussten alle Gäste Filzpantoffeln anziehen, damit das wertvolle alte Parkett nicht zertreten wurde. Katrin und Marie sausten mit anderen Kindern herum, sie spielten Schlittschuhlaufen in den Sälen, schnitten Kurven, glitten weit dahin. Als sie abends von der ausgedachten Eisbahn schwärmten, sah er sie stirnrunzelnd an, dann sagte er: Ihr habt immerhin ein Gespür für die Größenverhältnisse in den Räumen bekommen.

Brühl war irgendwo. Wie Bingen, wie Mainz, wie Bonn oder Köln, in Reichweite der Sonntagsbögen.

Der Name eines Schlossherrn war auch ein Bogen: Clemens August Ferdinand Maria Hyazinth, Vater ließ sich das auf der Zunge zergehen.

Hyazinthen gab es zu Weihnachten, sie dufteten.

Barbara sagte, Hy, das kann man pfeifen, sie machte den Pfeifton vor, er klang tatsächlich wie Hy. Sie pfiff es nochmal, sagte hinterher, -azinthe. Jutta pfiff Hy und sagte hinterher -mne. Vater pfiff Hy und sagte hinterher, -sterisch. Was heißt das, fragte Barbara. Er sagte, das ist das, was ihr nicht sein sollt.

Kurfürst Clemens August Ferdinand Maria Hyazinth nämlich, ihr lasst die Dummheiten und hört mir zu, er besaß Schlösser in Brühl, nämlich Augustenburg und Falkenlust!

Und das Heilige Römische Reich und Bistümer und Kirchenfürsten und Barock und Bonn, diese Wörter fielen an seinen Töchtern vorbei.

Vater gab sich Mühe, sie zu erwärmen: Wissenschaften kann man auch mit Fantasien mischen, man kann spintisieren. Ich will euch das Blaue und Weiße vom Himmel spinnen! Er sprach von rauschenden Festen, lockte mit Jagden hoch zu Pferde, mit funkelndem, knallendem Feuerwerk. Er sprach geheimnisvoll von Tanzbällen, bei denen sich der Kurfürst mit der Gräfin Soundso oder der Fürstin Soundso verständigte. Dann winkte er ab, was interessieren mich Privatgeschichten, wichtig sind nur die großen historischen Linien!

Barbara pfiff hy und sagte –storisch hinterher, Vater hörte es nicht, er war beim Schloss- und Städtebau, zeichnete eine Pyramide in die Luft. Oben die Kurfürsten, dann ging es runter zu den Bürgern, Handwerkern und Bauern.

Katrin fragte ihn: Wo hat der Kuhfürst seine Ställe für die Tiere? Hat er auch Schweine und Schafe?

Pferd und Sphinx

In der Grundschule wurden die Kinder auf dem Hof zu Zweierreihen aufgestellt, dann führte jede Lehrerin ihre Schülerschlange zum Klassenraum. Erst Gymnasiasten durften selbstständig herumlaufen. Marie gehörte zum ersten gemischten Jahrgang, Jungen und Mädchen.

Good morning, children. Good morning, Mister Pannhausen. Zur Begrüßung standen alle Kinder auf, dann gab der Lehrer ein Zeichen, sie setzten sich.

Die Schüler aus dem Englischbuch waren so selbstständig, als wären sie erwachsen. Eine Gruppe von ihnen ging ohne Aufsicht in ein Café, sie befahlen den Kellner an ihren Tisch, der fragte nach ihren Wünschen. Sie bestellten Tee oder Orangensaft und wollten wissen, welche Sorten Kuchen es gebe, dann wählten sie aus und bezahlten am Schluss. In anderen Szenen sprachen sie über Hobbys, man lernte Vokabeln aus den Bereichen Sport und Kochen, Musik und Reisen.

Auch Mister Pannhausen hackte auf Hobbys herum. Er stellte lange, oft unverständliche Fragen. Die kurzen Antworten genügten ihm nicht. Ich fahre gern Rad, weil ich gern radfahre. Ich flöte gern, weil ich Musik mag. In meiner Freizeit spiele ich Fußball. Ich reite und putze mein Pferd. Mister Pannhausen fragte, was sagt dein Pferd, wenn du es putzt? Petra wurde rot und fummelte an ihrem Stift. Sie kicherte, zuckte die Schultern. The other pupils, please: What says Petras horse when she cleans it? Achim? The horse cannot speak! Mister Pannhausen fragte, sure? Sibylle? Sibylle wand sich auf ihrem Stuhl und schwieg. Die Zwillinge Anni und Betti wieherten durcheinander. Christof platzte raus, I can't understand the horse!

Petras Pferd begleitete die Klasse durch das ganze Schuljahr, nicht nur in Englisch. Es spielte auch eine Rolle in Deutsch, Biologie und Zeichnen.

Zu Hause erzählten die drei großen Schwestern viel von dem Gymnasium. Katrin und Vater wollten auch dorthin. Raus aus der Grundschule, vor allem raus aus der Berufsschule, in der, sagte Vater, nur Flegel hockten. Die hatten irgendwo gelesen, wie man Bäume verdorren lässt, sie hatten eine Birke teilweise entrindet und zusätzlich mit Kupfernägeln traktiert. Vater hatte sie erwischt und war erbittert: Die Berufsflegel sind es nicht wert, erzogen zu werden! Bildung? Lehre? Wissen? Weisheit? Diese Barbaren wollen nichts von einem kleinen Pauker lernen, sie wollen dumm bleiben. Ich bin nur dazu da, sie still zu halten.

Dem Vater gelang es, die Schule zu wechseln, und Katrin kam in die Sexta.

Nun habe ich fünf Gymnasiasten, sagte die Mutter.

Marie fand, dass sie aus dem Ranzenalter raus war. Sie ging mit selbstgehäkelter, von Mutter gefütterter Tasche zur Schule. Sie saß bewundernd neben Petra, die in den Pausen gerne von Achmed, dem Wallach erzählte. Longieren, sagte sie, Voltigieren. Marie verstand kein Wort. Petra sagte, es gibt ein paar Regeln: Wirf dein Herz voraus, das Pferd springt ihm nach. Und: Erst das Pferd, danach der Reiter. Marie wagte eine Zwischenfrage: Wer kommt zuerst, Herz oder Pferd? Petra schnaubte, aber dann hatte sie nichts gehört und nannte weitere Regeln. Das Glück der Erde liegt auf dem Rücken der Pferde! Marie war bereit, es zu glauben. Sie bettelte so lange bei der Mutter, bis sie eines Tages nach der Schule mit Petra nach Hause durfte, ins Forsthaus im Wald an der Wied. Danach bat sie oft um Erlaubnis, Petra zu besuchen. Sie longierten Achmed, Petra turnte an ihm herum. Sie striegelten ihn, kratzten die Hufe aus, flochten Zöpfchen in seine Mähne. Sie misteten den Stall aus, füllten den Trog, holten Wasser, fetteten den Sattel ein, bauten sich in der Scheune Höhlen zwischen Strohballen. Marie durfte ein paar Runden reiten und bestand die Mutprobe: sich in den Stall bäuchlings ins Stroh legen und warten. Sie hörte das Hufgeräusch in der Scheune. Achmed kam rein, ging vorsichtig um sie rum. Sie kreischte nicht, er trat sie nicht. Marie lernte ein paar Kapitel aus dem Grundwissen des jungen Reiters und ließ sich abfragen. Aber sie wusste nicht, was sie Petra umgekehrt bieten konnte. Die mochte keine Blockflötenstunden und kein Rollschuhlaufen. Sie voltigierte nicht gern auf dem Rad, konnte nicht freihändig Slaloms fahren und weigerte sich, es zu üben. Marie suchte nach einem neuen Hobby. Vater musste nicht lange überlegen, er empfahl ihr die alten Ägypter. Die Römer gehörten ihm, und mit den Ägyptern hätte Marie ein eigenes Spezialgebiet. Er erzählte ihr von Ausgrabungen in der Wüste, von der Entdeckung des Grabes von Tutanchamun, das war der kindliche König. Er lieh ihr einen seiner Kataloge über die Antike und verwies sie auf den Atlas, auf das Lexikon, den großen Herder. Marie legte ein Ringbuch an. Zeichnete Landkarten, pauste Götterdarstellungen ab, kolorierte sie und las über die heilige Familie aus Isis, Osiris und Horus. Schrieb ab, was der große Herder erklärte: Die Pharaonen. Die Pyramiden. Die Hieroglyphen. Schöne fremde Schrift aus Schlangen, Ibisvögeln, Sonnen und Wimpeln. Tutanchamun, das hieß: Amun ist köstlich am Leben. Köstlich wie Voltigieren, Longieren.

Als sie eine Ohrenentzündung hatte, warf Mutter alle Bedenken beiseite und kaufte der kranken Marie zuliebe einen Comic, in dem Asterix und seine Freunde zur ägyptischen Königin Kleopatra reisten. Mutter und Tochter wussten vor Freude kaum mehr, wohin mit sich. Deshalb kletterte der kleine Obelix auf seiner großen, lieben Sphinx herum und brach dabei ihre Nase ab, doch sie überlebte und lächelte weiter.

Als Marie gesund war, köderte sie Petra mit dem Comic, sprach anfangs beiläufig, dann immer länger über die alten Ägypter. Howard Carter hatte die Hoffnung fast aufgegeben, ein Pharaonengrab zu finden. Er und seine Leute gruben im Sand in der Wüste, und dann! Eine Stufe! Viele Stufen! Eine versiegelte Tür! Das Grab des kindlichen Königs! Marie rasselte Namen herunter: Echnaton, Nofretete, Kleopatra, Hatschepsut, Ramses. Petra sagte, du bist ein richtiger Fachmann, du könntest bei der Rateshow im Fernsehen mitmachen. Auch Tante Agnes war interessiert, sie hatte noch nie von der Spinix gehört. Marie erklärte geduldig, schließlich fragte die Tante, hast du dich verlesen, meinst du eine Sphinx? Nein! Die Spinix ist das Denkmal mit Menschengesicht und Löwenkörper! Tante Agnes sagte, du bist ein neunmalkluges Fräulein Allwissend. Die Schwestern riefen, Spinix!

Das alte Ägypten hatte es in der Schule gegen ein Pferd nicht leicht. Marie mochte prahlen, soviel sie wollte, Petra war umschwärmt. Andere Mädchen kamen zu ihr, putzten das Pferd und ritten. Petra war auch oft bei Elke, wo es ein eigenes Schwimmbad gab, oder bei Sibylle, die sie zum Tennisplatz mitnahm.

Marie ging in die Antike. Vater schenkte ihr ein Farbfoto der goldenen Totenmaske des Tutanchamun. Dieses Bild klebte sie nicht in ihr Heft, es hatte ein Pharaonengrab in einer abschließbaren Kassette. Da lag es bei Muscheln, Schneckenhäusern und einem Stück Siegellack. Marie nahm heimlich Mutters Kölnisch Wasser und besprengte den König damit. Bevor sie ihn zurück ins Grab legte, streichelte sie seine Wangen.

Du bist meine allerbeste Freundin, sagte Petra, nachdem sie miteinander über ihre Mathenoten geweint hatten. Sie standen in der Schlange vor der Telefonzelle beim Schulhof, Petra rief ihre Mutter an, um sie vorzubereiten. An diesem

Tag fuhr Marie mit ihr nach Hause. Die Mutter würde sehen, dass es noch andere Fünfer gab. Aber die Noten waren unwichtig, denn Achmed hatte Husten. Der Tierarzt hatte Inhalieren angeraten und die Mutter sagte, ihr müsst helfen. Das Pferd stand angebunden in der Scheune. Die Mutter hielt ihm einen Eimer mit dampfendem Kamillensud unter die Nüstern, Achmed wandte den Kopf ab. Haltet den Kopf fest, rief die Mutter, doch Achmed schüttelte die Mädchen ab. Petra wollte seine Augen mit einem Sack bedecken, da wieherte das Pferd, schlug aus und stieg. Der Förster kam und brüllte.

Achmed inhalierte nicht viel, und beim verspäteten Mittagessen fragte Petra, ob er am Husten sterben könne. Der Vater sagte, mit dem Reiten ist auf alle Fälle Schluss. Du darfst ihn nicht zum Abdecker geben, schrie Petra. Der Vater sagte, noch ein Wort. Als er draußen war, erklärte die Mutter, Achmed bekommt sein Gnadenbrot. Was aus dem Reiten wird, werden wir sehen.

Marie und Petra saßen lang im Stall beim Pferd und weinten und sprachen ihm Mut zu. Dann wurde ihnen langweilig. Wir könnten es mit einer Ausgrabung versuchen, sagte Marie. Denn die Antike gab es nicht nur in Ägypten, sie war auch hier! Petra fragte, willst du ein Loch in der Scheune buddeln? Falsch, sagte Marie. Euer Haus ist von heute. Wir müssen in den Wald. Wir suchen, ob wir Spuren einer alten Feuerstelle finden. Wo eine Feuerstelle war, da waren Menschen! Petra sprang auf. Wir brauchen eine Ausrüstung!

Sie machten es wie Howard Carter, besorgten sich Spaten, Eimer, kleine Schaufeln, Sieb und Pinsel, damit wollten sie in den Wald. Petras Mutter verbot ihnen den Weg am Fluss entlang, obwohl der ohnehin gesperrt war, denn die Bundeswehr hielt ihre Truppenübungen ab. Ihr geht erst gar nicht in die Nähe, warnte die Mutter, bei Soldaten weiß man nie. Man sah ihr an, sie meinte nicht die Platzpatronen, sie dachte an das, was Notzucht hieß.

Petra und Marie gingen den Wald hangauf. Der Grillplatz der Wanderfreunde war modern und fiel als Grabungsort aus. Sie schlugen sich abseits der Wege durch das Unterholz. Oben auf dem Hügel verlief ein Feldweg. An seinem Rand fanden sie farnüberwachsenes verkohltes Holz und Steine, die ohne eine Haut aus Flechten nackt aussahen. Sie rissen den Farn aus, setzten ihre Spaten an und gruben, bis es klirrte. Was bedeutet das für uns, fragte Marie. Jetzt nur noch mit Schäufelchen weiterarbeiten, rief Petra. Richtig, sagte Marie. Sie legten Tonscherben frei. Auf einer erkannte man eine rosa Blume. Die Pinsel bewähren sich nicht, sagte Marie, die taugen nur im Wüstensand. Sie legten die erdigen Schätze in einen Eimer und machten sich auf den Heimweg. Petras Vater begegnete ihnen, sah sich die Ausgrabung an: Jemand hat seinen Hausmüll verbuddelt. Marie glaubte ihm kein Wort. Petra erlaubte ihr, die Sachen mit nach Hause zu nehmen, dein Vater versteht etwas von Geschichte. Doch der war ärgerlich, als Marie die Scherben auf seinen Tisch legte. Nimm deinen Dreck von meinem Schreibtisch! Marie sagte, es sind antike Sachen! Vielleicht von den Römern! Der Vater fragte, Fundort? Ihr Dummköpfe habt keine Zeichnung vom Fundort gemacht? Mit spitzen Fingern nahm er eine Scherbe auf. Und du glaubst, die alten Römer hätten sich damit abgegeben, kitschige Rosen auf ihr Geschirr zu zeichnen? Von wegen zeichnen! Das ist industrielle Massenware! Ich sehe es auf einen Blick, auch wenn ich nur ein kleiner Pauker bin.

Marie konnte das Paukerlied nicht leiden und stellte sich taub. Sie wusch die Blumenscherbe und legte sie als Grabbeigabe zu Tutanchamun.

Sie und Petra schlossen einen Freundschaftsbund für immer. Die Botschaften, die sie sich auf kleingefalteten Zetteln im Unterricht schickten, waren nicht namentlich unterschrieben. Sie zeigten Symbole: Ein Pferd und eine Sphinx.

Wassergeschichte

Du siehst schön aus in diesem neuen Glöckchenkleid, aber benimm dich anständig damit. Du sagst Frau Schröder viele Grüße. Elke ist mit einem selbstbemalten Briefpapier sehr gut bedient. Was hat sie dir zum Geburtstag geschenkt? Drei Taschentücher vom Seifenplatz. Kaufen kann jeder. Wichtig ist am Ende nur, was wir von Herzen geben. Du hast dir Zeit für ein persönliches Geschenk genommen. Wir packen es schön ein, und du hörst auf zu maulen. Mir ist es schnurzegal, ob deine Petra deiner Elke eine goldene Kugel zum Geburtstag überreicht! Genieß den Nachmittag. Aber in Schröders Schwimmbad gehst du nicht mit deinem Schnupfen. Wenn ich's dir nicht verbieten würde, müsste es Herr Doktor Schröder tun, aber man rennt nicht bei jedem Pips gleich zum Arzt. Putz dir die Nase. Wasch die Hände. Hast du Halsschmerzen? Nein? Soll ich dir das glauben? Zieh nicht ständig an dem Kleid.

Das Kleid hatte blaue und weiße Streifen wie Wellen, Mutter hatte es selbst genäht. Der Schnitt hieß Hängerchen oder Glöckchen.

Marie hatte den Badeanzug flach gefaltet und in die Unterhose gesteckt. Vor dem Spiegel im Flur stand sie mit eingezogenem Bauch, das Hängerchen stand ab, eine gestreifte Glocke.

Sie ging in die Küche zur Mutter. Warte noch fünf Minuten, bis du losgehst. Drei Uhr heißt drei Uhr. Niemand hat es gern, wenn Gäste zu früh kommen.

Marie sah vom Küchenfenster aus runter. Auf dem Parkplatz vor dem Krankenhaus stand schon seit Monaten ein Anhänger. Abgestellt, nicht wieder abgeholt. Den hatten die

Besitzer aufgegeben. Die Plane war längst staubverkrustet, grau.

Nun freu dich, sagte Mutter. Deine Erkältung ist bald weg, bald gehst du wieder ins Freibad und springst vom Dreier. Kannst du das im Swimmingpool bei Schröders? Oder bei Tante Rose? Außerdem bist du wahrscheinlich nicht die einzige, die nicht ins Wasser darf. Frau Reichert sagte gestern auf dem Markt, Sibylle hat ihre Tage bekommen. Die Mädchen in deiner Klasse sind alle frühreif. Sei froh, dass du noch Kind bist. Nachher kannst du mit Sibylle bei Schröders im Garten ungestört Tischtennis spielen!

Petra und Sibylle tauchten draußen auf und sahen hoch und winkten. Marie rannte runter und raus in die Sonne.

Nachts die Dunkelheit half nicht. Nach der zweiten Befragung lag sie im Bett, Katrin schlief schon.

Der Abend war lang gewesen.

Auf das Abendessen folgte die erste Befragung.

Warst du bei Schröders im Schwimmbad? Wo war dein Badeanzug nachmittags? Warum ist er jetzt klamm?

Die Eltern saßen mit Marie am Esstisch. Die Schwestern waren irgendwo.

Dein Badeanzug hängt im Wäschekeller und ist klamm. Warum?

Zwischen den Zähnen steckte ein Rest Essen. Die Zunge tastete danach.

Der Badeanzug konnte nicht im Keller hängen. Er musste in der Kommode liegen. Denn das Schwimmen war verboten, also war der Anzug trocken.

Die Nase war trocken, der Hals war trocken. Wer Schnupfen oder seine Tage hat, darf nicht ins Wasser gehen.

Marie sagte kein Wort. Sie saß am Tisch und puhlte mit der Zunge zwischen den Zähnen. Sie spannte ihr Hängerchen über die Knie. Das Hängerchen hatte Kirschenflecken und war eine Glocke. Kein Kind war eine Glocke und sagte Bim Bam.

Die Eltern klopften an. Kein Ton kam aus keiner Glocke. So bringt ein Kind die eigenen Eltern zur Verzweiflung, das wussten alle.

Marie wurde ins Kinderzimmer geschickt, saß auf dem Läufer vor der Kommode, spielte mit den Fransen. Der Läufer war ein Floß auf sturmbewegtem Meer. Im Meer war man ein blauer Wal und blies weiße Fontänen. Am Ende durfte man das große Fransentuch von Petra zum Abtrocknen leihen. Das eigene Badetuch lag gehorsam in der Kommode. Kein Beweis für eine Schuld.

Wer war so dumm und dachte nicht daran, die Mutter würde irgendwann am Tag aus irgendeinem Grund im Wäschekeller sein. An der Leine hingen große Laken. Ein kleiner Badeanzug baumelte am Haken neben dem Klammerbeutel und machte sich dünn. War dumm. Er hätte in der Schublade liegen müssen. Klamm oder nicht, er hätte zwischen den übrigen Badesachen gelegen, keiner hätte ihn anfassen müssen. Es hätte keinen Badeanzug geben dürfen.

Unten im Flur ging das Telefon. Bei Schröders stand es im Esszimmer. Vielleicht wollte Elkes Mutter etwas mit den Eltern klären. Es dürfte kein Telefon geben, aber der Vater legte gleich wieder auf, vielleicht hatte sich jemand verwählt, er ging zurück ins Wohnzimmer und schloss die Tür, es sprach nichts gegens Telefon. Dann wieder Stille, die die Welt umgab, das Haus, das Zimmer und den Läufer.

Bei Meeresstille wartete Marie auf ihrem Floß, und unten warteten der Vater und die Mutter.

Die zweite Befragung folgte vor dem Schlafengehen.

Die Eltern saßen im Wohnzimmer in den Sesseln, vor ihnen der Wohnzimmertisch, Marie stand davor.

Die Nase trocken, die Augen trocken.

Das Hängerchen hatte Flecken und war eine Glocke, aber kein Kind war eine Glocke. Kinder bestanden wie alle Menschen aus Fleisch und Blut.

Die Eltern klopften unermüdlich.

Da musste die Glocke endlich doch Antwort geben. So deutlich, dass es alle Welt versteht, oder unhörbar in sich rein.

Nicht geschwommen nicht erkältet nicht der eigene Badeanzug. Niemals war der Badeanzug weg, war so wie sonst in der Kommode. Wie soll man wissen, wo der Badeanzug nachmittags gewesen ist? Vielleicht hat ihn jemand ausgeliehen. Vielleicht für eine Puppe, die dann in der Badewanne schwimmt, könnte das wirklich sein? Wer ist jemand? Katrin ist kein jemand, warum sollte sie einer ihrer Puppen einen Badeanzug anziehen? Katrin zu verraten, das bedeutet, so zu sein wie Judas, der den unschuldigen Jesus anzeigte, mit einem falschen Kuss. Keine Puppe hier in diesem Haus ist groß genug für einen Kinderbadeanzug. Dort durften alle schwimmen. Frau Schröder hat es ausdrücklich erlaubt, wer möchte, darf ins Wasser. Alle Kinder sind geschwommen, alle außer einem, dem es nicht erlaubt war und das trockne Haare hat. Jeder kann die trocknen Haare fühlen! Der Badeanzug fiel ins Wasser. Der Badeanzug wurde nassgespritzt. Er war nicht in der Schublade, weil er auf dem Geburtstagsfest dabei war. Aber dort war der Anzug nicht. Er war verboten wegen Schnupfen. Vielleicht lag er in der zweiten Schublade, nicht in der ersten. Das Schwimmbad war gechlort, gesperrt für alle, wie bei Tante Rose. Der rote lange Wasserschlauch in Elkes Garten, alle spielten, rannten unterm Tropfenbogen durch. Deshalb war der Badeanzug klamm. Er ist nicht klamm. Auch das Kleid ist trocken. Der Anzug hängt im Keller am Haken, ist trocken, keiner weiß, wie er dahin kam. Niemand lügt. Immer liegen in der Schublade nur trockene Badesachen. Nochmal. Mit Petra und Sibylle pünktlich angekommen. Im Garten der gedeckte Tisch. Oder im Wohnzimmer beim Telefon. Kirschstreusel und Kalter Hund. Elke packte die Geschenke aus. Nein, erst das Kuchenessen, oder alles gleichzeitig, unklar. Dann Spiele. Verstecken auch, nein, kein Verstecken, niemals. Nochmal. Petra und Sibylle auf der Straße. Große Taschen für Geschenke und fürs Schwimmzeug. Niemand, der nicht im Wasser war, Frau Schröder als Arztfrau hat es erlaubt. Nur zugesehen, wie andere schwammen. Pingpong mit Sibylle, die schon ihre Tage hat. Den Schwimmern Bälle ins Becken geworfen, zwei Gummiflöße, vier Beckenecken, fünf Wale blasen, eins zwei drei und du bist frei, nochmal, es leugnet niemand, alle haben Kirschstreusel und Kalten Hund gegessen, immer liegen alle trockenen Badesachen in der dritten Schublade, im Anfang war das Hängerchen, dann kam das Einpacken des Briefpapiers für Elke, dann der Anhänger. Alles ist da in einer Reihe von Anfang bis Ende, es wird noch Ordnung reingebracht in diesen Tag, der heute heißt, die Eltern saßen in den Sesseln, und Marie stand da und schepperte und war eine falsche Glocke.

Dann war auch die zweite Befragung vorbei, Marie lag im Bett, Katrin schlief.

Keine Hoffnung auf eine dritte Befragung, denn die Standuhr unten im Flur schlug neun Uhr. Da hatte man im Wohnzimmer bei seinen Eltern nichts zu suchen.

Nur in Notfällen, bei Krankheit oder einem bösen Traum, aber man war nicht krank und träumte nicht, alles war da, die Bettdecke, das Kopfkissen, das Taschentuch in der Hand und der Schnupfen, der nur ein gewöhnlicher Schnupfen war. Man konnte nicht heruntergehen und noch eine Krankheitslüge auf die anderen Lügen türmen, denn wir haben dich durchschaut, hatte der Vater gesagt, du bist durchschaut, er hatte zuletzt nur noch mit der Mutter gesprochen, sie ist durchschaut, und die Mutter, als sie ins Kinderzimmer gekommen war, um gute Nacht zu sagen, bat Katrin, ein Abendgebet aufzusagen, sonst sprach sie es selbst, sie küsste und umarmte einen nicht, es war jetzt schon nach neun Uhr, war längst zu spät, und wer nicht mehr befragt wird, der ist aufgegeben wie der Anhänger unter der grauen Kruste, der am Anfang war, dann kam Frau Schröder, die sich wunderte, dass man bei Schnupfen schwimmen darf, dann kam das wilde Meer mit den Walen und Flößen, aber bald hatte der Wal viel zu viel Chlor geschluckt, speiübel war ihm mit allen bitteren Lügen im Maul, keine Fontäne weit und breit, das Meer war nur ein Becken mit vier Ecken, eins-zwei-drei-und-du-bist-frei, sie ist durchschaut und muss noch heute, gleich, muss ungerufen runter, darf nicht barfuß, muss Pantoffeln, muss vorher die Nase putzen, muss gestehen, ungefragt, die Wahrheit ist verzweifelt, ist verheddert in der Decke, hat gesündigt in Gedanken, Worten, Werken. Unvergesslich, unvergeben: das Schwimmen denken und vorbereiten. Den Badeanzug unters Glöckchen stopfen. Dann Schwimmen, dann Lügen, jetzt selbst verschwommen.

Von unten der Sog.

Marie ließ sich nach unten ziehen. Die lange Treppe langsam runter. Sie klopfte an der Tür zum Wohnzimmer.

Die Eltern werden sie hereingerufen haben. Es wird wenig geredet worden sein. Keine Strafverkündigung und kein Gelöbnis der Besserung. Sie wird auf Mutters Schoß gesessen haben, dann auf Vaters, und es werden die Verzweifelten getröstet worden sein.

Übungen in Logik

Es war ein Spaß für kleine Kinder gewesen, wenn die Eltern ihren Töchtern eine alte Warnung hersagten: *Wer den Knopf auf hat, kann leicht heiser werden. Wer heiser wird, der flüstert. Wer flüstert, der lügt. Wer lügt, der stiehlt. Wer stiehlt, der frisst auch kleine Kinder. Und wer das tut, der kommt auch noch ins Gefängnis!* Aber wer als kleines Kind versteht, die Eltern spielen lustiges Theater, weil sie fuchteln und grimassieren, der lacht und hat seine Freude.

Später wusste man mehr.

Wer so gierig isst, dass er Kirschen mit Stein verschluckt, dem wächst im Bauch ein Baum, die Äste ragen aus den Ohren raus, man kommt nicht mehr durch die Haustür.

Wer bei Pannhausen in Englisch abschreibt, dem bleiben die Schielaugen stehen, für immer.

Wer nie sein Brot im Bette aß, weiß nicht, wie Krümel piken.

Wer Gottes Herrlichkeit am Zeitenende schauen will, muss erst den Kelch des Leidens leeren.

Wer recht in Freuden wandern will, der geh' der Sonn' entgegen.

Wer sich nicht gerade hält, muss nochmal in den Gips, und danach turnt er lebenslänglich bei Frau Zong.

Wer lügt, kriegt eine lange Nase wie Pinocchio.

Wer einer großen Schwester an die Brüste fasst, muss damit rechnen, dass die Mutter es erfährt und sich bald riesengroß vor einem aufbaut und ihr riesengroßes Nachthemd hochreißt, hast du noch weitere Fragen?

Wer nur den lieben Gott lässt walten und hoffet auf ihn

allezeit, den wird er wunderbar erhalten in aller Not und Traurigkeit.

Wer im Sommer ohne Sonnenhut eine Fahrradtour macht, bekommt erst Kopfschmerzen, dann folgt eine Hirnhautentzündung, mit der er aus eigener Schuld ins Krankenhaus muss, und dann können die Menschen nur um sein Leben beten.

Wer nicht hören will, muss fühlen.

Elternhäuser

Das alte Fräulein Hallstein stand mit verschränkten Armen vor der Klasse: Ihr müsst nicht glauben, dass ihr durch die Schule und die Weltgeschichte springen könnt, so wie ihr wollt. Mich interessieren nicht nur eure Hausaufgaben, ich sehe auch eure Fingernägel. Ich höre euch flüstern. Und bildet euch nicht ein, ihr sollt euch nur in der Schule benehmen. Ihr werdet in der ganzen Stadt beobachtet! Da wird der Bürgersteig mit Kreide beschmiert, da wird an der Bushaltestelle gegrölt, da wird mit Lebensmitteln geworfen, als wären sie Abfall. Wenn ihr später Rocker oder Hippies werden wollt, was habt ihr dann auf dem Gymnasium verloren? Benehmt euch wie Schweine, aber macht euch klar, es fällt alles auf eure Eltern zurück. Ihr seid am Ende die Visitenkarten eurer Elternhäuser.

Alle Jahrgänge der Schule kannten die Predigt in verschiedenen Variationen.

Es gab solche und solche Elternhäuser. Familie Hachenberg war ein Aushängeschild der Stadt. Ihr Unternehmen war alt und modernisiert und vergrößert. Drei Zweigstellen, die Produktion brummte. Arbeiter und Angestellte waren stolz, Hachenberger zu sein. Doktor Hachenberg engagierte sich im Stadtrat und zusammen mit seiner Frau in der Kirchengemeinde Sankt Matthias. Wenn Frau Doktor Hachenberg von anderen Müttern erwähnt wurde, hieß es: Sechs Geburten, und immer noch eine Schönheit.

Jeder Lehrer kannte eines der Kinder. Marie teilte im freiwilligen Blockflötenkurs ein Notenpult mit Beate, die war zwei Jahre älter als sie und trug einen langen Zopf und immer nur Röcke, die reichten ihr übers Knie. Beate war freundlich zu ihr, obwohl Marie bedenklich aussah. Beate fand: Mädchen sollten keine Jungenhaarschnitte und Jungenhosen tragen. Hosen sind Männerkleidung. Sibylles Miniröcke? Es geht uns nichts an, aber Frauen und Mädchen, die sich dafür entscheiden, haben kein inneres Selbstbewusstsein. Sie verlassen sich auf die äußeren Reize. Beate sagte: Wir laufen nicht gedankenlos bei jeder Mode mit.

Das sagte Maries Mutter auch, wenn sie sich weigerte, den Töchtern Jeans zu kaufen. Es gab immer genug andere Hosen, von irgendwoher geerbt.

Beate erzählte, dass bei ihnen zu Hause beim Mittagessen abwechselnd deutsch, englisch und französisch gesprochen wurde. Selbst die beiden kleinen Brüder sagten schon merci und please. Die Kinder wurden selten geschlagen, aber manchmal muss es sein, sagte Beate und zitierte, wer sein Kind liebt, züchtigt es. Sie ging nicht in die freiwillige Kochgruppe der Schule, denn ihre Mutter nahm sich Zeit, die Töchter an den Wochenenden im Kochen zu unterrichten. Wir lernen systematisch, sagte Beate: Suppen, Vorspeisen, Hauptgericht, Dessert und Kuchen. Wir Mädchen führen alle ein Rezeptbuch, später in einem eigenen Hausstand greifen wir darauf zurück.

Marie und ihre Schwestern mussten zu Hause auch helfen. Es gab schriftliche Pläne für das Hoffegen, fürs Badputzen und andere Pflichten, aber in der Küche musste alles schnell gehen, keine Zeit für Rezeptdiktate. Nun eil dich mit den Gurken, sagte Mutter. Ein Schuss Essig ist ein Schuss Essig, wann lernst du das? Ein Ideechen Zucker reicht für die Salatsoße.

Gib her, stell hin, rühr um. Nimm den Deckel von den Kartoffeln! Die Milch muss handwarm sein! Aber Hände konnten kalt sein oder lau. Marie begriff auch nicht, was eine Spur Senf sein sollte. Und immer eilte es, bis Mutter mit fliegenden Händen die Schürze abband, denn Schürze bei Tisch kam nicht infrage.

Bei Hachenbergs wurde am Sonntagabend Hausmusik gemacht, sogar der Vater spielte mit.

Hachenbergs wurden in der Stadt beneidet, bewundert, verspottet. Die Frau hat Glasaugen! Die schluckt nicht nur Lexotanil! Viele Mütter nahmen das Beruhigungsmittel.

Petras Mutter weinte manchmal, weil sie im Forsthaus allein war, während ihr Mann seine Lust mit Waldarbeitern, Jägern, Soldaten und dem Fürsten hatte. Marie stand verlegen daneben, wenn Petras Mutter die Tochter weinend mein Elfenkind nannte. Aber dann kam der kernige Förster nach Haus, und sie bemühte sich, zu lächeln. Marie wäre gern Petras Schwester gewesen. Man sammelte Kastanien fürs Wild, holte Löwenzahn für die Kaninchen, mistete den Stall aus. Beim Misthaufen musste man Anlauf nehmen, um die Schubkarre möglichst weit hoch zu fahren und umzuwerfen. Der Misthaufen roch scharf, die gelben Strohhalme glänzten im braunen Dung, die Hühner stiegen auf ihm herum und pickten. Bei Kälte dampfte er, er hatte ein gutes Gemüt. Wäre man ein Mammut, hätte man probiert, wie ein Maul voll Misthaufen schmeckt, man hätte köstlich gemampft.

Einmal nahm der Förster Petra und Marie abends auf einen Ansitz mit. In der Dämmerung saßen sie wortlos, reglos, warteten und froren. Auf der Lichtung stiegen Nebelschwaden langsam auf. Dann waren Tiere da. Rehe, wie aus Glas gemacht, lebende Wesen im Nebel. Unklar, ob es erlaubt war, sie zu sehen. Sie waren nicht gekommen. Sie waren da und ästen. Sie waren wie ein Hauch.

Marie fand Petras Elternhaus beneidenswert, auch wenn der Name Elfenkind unmöglich klang und die Mutter am Wasser baute.

Die Eltern der Zwillinge Anni und Betti waren Sportsnaturen. Maries Mutter nannte sie oberflächlich und nett. Diese Familie fuhr in den großen Ferien zum Zelten an das Zwischenahner Meer. Die Zwillinge lernten angeln und segeln, während andere Kinder Wien besichtigten und Wissenswertes über Habsburg erfuhren.

Elkes Familie machte im Winter Skiferien in den Alpen. Der Vater war ein Großredner und ließ nicht einmal Kinder mit der Politik in Frieden. Er nannte Kanzler Willy Brandt den Frahm und ritt auf einem Kniefall herum, der war schon längst vorbei. Elkes Vater rief, der Frahm kriecht vor den Sowjets! Er kommentierte auch die Sportschau lauthals und entschieden. Doch er ließ nie von einem Kind den Ton abstellen, sobald die Werbung begann. In diesem Haus lernte Marie das Hustenbonbon-Bärenlied, das ihr die Eltern verboten: Du singst hier keine Reklame vor!

Der Vater von Gerlinde hatte im Krieg das Gehör verloren, er sprach fast nie und knüpfte in der Freizeit Teppiche. Die Mutter war eine stille Frau, aber es hieß, sie wollte höher hinaus mit der Tochter. Gerlinde machte immer ein paar Hausaufgaben mehr als andere. Sie musste für die Bundesjugendspiele Schnelllauf üben und bat Marie, am Training im Stadion teilzunehmen. Die stille Mutter stoppte die Zeiten, notierte sie und schüttelte den Kopf.

Alle Mädchen in der Klasse lasen die Bücher über die Zwillinge Hanni und Nanni. Englische Kinder waren nicht an die Elternhäuser gebunden, sie gingen ins Internat. Die Direktorin sagte zu den Zwillingen, jetzt habt ihr die Chance, euch einzufügen und zu beweisen, was in euch steckt.

Marie erklärte ihrer Mutter, was ein Internat ist. Mutter fragte: Seit wann willst du dich fügen? Wir möchten nicht, dass ihr in jungen Jahren unter fremde Einflüsse geratet. Wir wären froh, wenn du uns folgen würdest, ohne zu feilschen und ohne zu murren. Wenn du so ungern Kind bei uns im Haus bist, fragst du Hachenbergs, ob sie dich adoptieren. Dann ist es aus mit Hosen.

Sibylle hatte Jeans und Miniröcke, und bei ihr zu Hause gab es eine verbotene Kellerbar. Ihr älterer Bruder wusste, bei den Partys der Eltern fliegen die Fetzen, obwohl ihre Schlager abartig sind. Er war Rockfan, trug eine Lederjacke und lange Haare. Samstagabends gammelte er mit anderen Mofafahrern auf dem Parkplatz am Flussufer rum. Die Jungen und Mädchen saßen bei laufenden Motoren auf ihren Maschinen, wippten, rauchten, hupten, grölten.

Der Vater hasste es, sie dort zu sehen, wenn er mit der Familie nach der Kirche den Sonnenuntergang genießen wollte. Sie saßen zu sechst im Auto, sahen den Fluss, dahinter die Höhenzüge der Eifel, er überschlug sich: Hascher, Ledermähnen, Hippierocker! Ungespitzt in den Boden schlagen!

Marie wollte besänftigen: Jesus und seine Jünger hatten auch lange Haare.

Der Vater rang um Fassung, man hörte ihn atmen. Er schwieg derart auffällig und ausführlich, dass alle ihre Köpfe einzogen. Schließlich warf er Marie einen Blick durch den Rückspiegel zu. Schlaumeier, sagte er beherrscht, du glaubst wohl an die Bilder aus den Kirchen und der Kunst? Sie zählen in der Wissenschaft nicht als Beweise! Er hob den Zeigefinger: Jesus lebte im antiken römischen Weltreich, das um das ganze Mittelmeer herum reichte, daher der Name, mare nostrum. In diesem Weltreich trugen ordentliche Bürger kurze Haare!

Katrin fragte, kommen alle Rocker in die Hölle? Barbara erklärte, niemand kommt in die Hölle, wenn er zu Lebzeiten oder im Fegefeuer seine Schuld bereut. Marie fragte, und Hitler?

Ich will kein Sterbenswort mehr von hinten hören, sagte der Vater.

Andere Menschen, andere Sitten

Die Eltern wollten lernen, wie es ist, vier Töchter in die weite Welt hinausziehen zu lassen. Jutta zog hinaus nach Limburg an der Lahn, als Betreuerin einer Kinderfreizeit der Pfarrgemeinde. Die drei anderen sollten lernen, zwei Wochen lang ohne Eltern gesittet zu leben.

Barbara hatte die Aufsicht über Marie und Katrin, als sie zum ersten Mal unbegleitet nach Krefeld fuhren, zu bewährten Verwandten, den Susern und Hülsern.

Keine Oma Hanna zwang die Kinder in einen der mittleren Eisenbahnwagen mit der Erklärung, die Mitte ist immer sicher.

Ganz hinten im letzten Wagen konnte man sich ans Rückfenster stellen, sah sausende Gleise. Barbara sagte, sie schneiden sich im Unendlichen. Marie widersprach, sie schneiden sich ganz weit hinten. Barbara sagte, Dummkopf, das ist eine optische Täuschung.

Erster Halt Rheinbrohl, dann kam Bad Hönningen, dann Linz, dort wohnte der Deutschlehrer, für den Marie schwärmte. Sie wünschte, er wäre am Gleis, um einen Besuch abzuholen. Sie tat, als würde sie lesen, damit er ein ernstes Kind sehen könnte, aber er zeigte sich nicht.

In Troisdorf stieg eine Frau zu, die eine Kappe mit Schleife trug. Sie setzte sich auf die andere Seite des Ganges und stellte einen Koffer vor sich ab, auch dessen Griff trug eine Schleife. Die Schwestern sahen sich an. Schmuck für Sternengel und Schoßhunde. Barbara zog ihr Portemonnaie aus der Tasche und flüsterte zu Katrin und Marie: Zehn Pfennig, wenn einer von euch den Koffer streichelt und ihn laut und deutlich anspricht: guter Hund, braver Hund!

Die beiden Schwestern kicherten. Barbara flüsterte, zwanzig Pfennig, Marie zischte, fünfzig! Katrin zappelte auf der Bank, die Frau drohte freundlich. Draußen Köln-Deutz, die Rheinbrücke, aber sie hatten keinen Blick für Vaters rhenus fluvius. Barbara flüsterte, einfache Übung. Den Koffer streicheln, guter Hund und braver Hund sagen und fertig. Eine ganze Mark! Katrin und Marie schubsten sich gackernd über den Gang auf die Frau zu, brachten kein Wort heraus. Die Frau fragte, fehlt euch etwas? Marie zappelte, musste pinkeln, die beiden rempelten sich, schnappten nach Luft, sie platzten fast und sprangen prustend wieder auf ihre Plätze zurück. Barbara flüsterte, Kindsköpfe! Die Frau sagte, ich kenne eure Krankheit. Sie heißt so ähnlich wie Scharlach, sie heißt Schwachlach!

Ja, ja, japsten die drei, die schwach und krank waren wegen der Schleifen, Sternengel und Schoßhunde, eben deswegen kam es zum Scharlach, zum Schwachlach.

Man heilt ihn mit Süßem, sagte die Frau und reichte eine Tüte Bonbons rüber.

Barbara riss sich zusammen. Die Eltern hatten oft gesagt, von Fremden nimmt man keine Süßigkeiten an, aber der Vater würde das neue Wort probieren, er würde es sich auf der Zunge zergehen lassen, oh, Schwachlach.

Die Frau war nicht fremd. Zwei Augen, eine Nase und ein Mund. Von Adam und Eva her gesehen war sie verwandt. Probieren erlaubt. Barbara nickte den beiden Kleinen zu, wir können was nehmen.

In Dormagen stieg die Frau aus. Marie wurde unruhig, packte ihr Buch in den Koffer und schnauzte Katrin an, steh auf, räum deinen Kram zusammen, eil dich!

Der Zug verließ den Bahnhof Neuss, sie stand fix und fertig am Ausstieg. Man durfte Krefeld nicht verpassen.

Katrins Patentante Suse holte die Schwestern ab. Sie war groß und schwer wie Tante Lilott, ihr Mann war klein und ein höheres Tier der Firma Thyssen. Sein Kinn war zerklüftet, denn es war im Krieg zerschmettert worden, aber er war eine gute Partie. Die Suser waren kinderlos und kinderlieb und verstanden, sagten die Eltern, von Kindern im Grunde nichts. Bei ihnen wohnten auch noch die alte Sowjetmutter von Onkel Reinhard und ein Dackel, für den Katrin schwärmte. Barbara schwärmte für den zarten, zerklüfteten Onkel. Marie kümmerte sich um die Oma, die fast blind war. Las ihr das Buch von Hoffmann vor, über einen Mann, der seinen Kopf verliert, weil er den bösen Sandmann in sich einlässt.

Die Tante hielt einen auf Trab. Man fuhr zu einem Bauern, sammelte Johannisbeeren, fieselte sie ab und kochte Marmelade. Man putzte Silber. Am Sonntag ging man durch moderne Galerien. Die Suser rechneten einem den Saftverbrauch vor, aber sie waren freundlicher als Tante Rose oder Oma Hanna. Katrin übernahm die Aufsicht über den Dackel. Marie bekam eine Postkarte der Pharaonin Nofretete und die Erlaubnis, ans große Lexikon der Antike zu gehen, obwohl sie beachten sollte, es kam von den Sowjets. Barbara rannte mit dem Onkel durch den Stadtwald. Alle drei durften im Gästekeller auf dem Klavier den Flohwalzer donnern. Sie durften auch abends fernsehen, Quizshows. Vor dem Schlafengehen rief die Tante bei den Eltern an, um zu melden, alles in Ordnung. Dann gab sie den Hörer weiter. Die Mutter fragte, geht es euch gut? Katrin rief, ich wusste in der Ratesendung beinah alles über Wale! Die Mutter sagte, aber du klingst etwas traurig. Hast du etwas Heimweh? Musst du vielleicht etwas weinen? Katrin brachte raus, ich wusste alles, bevor ihre Stimme brach und sie den Hörer an Marie gab. Barbara versetzte Katrin tröstende Puffe. Marie sagte ins Telefon: Sie war ein Fachmann bei den Walen! Die Mutter fragte, klingst du nicht auch etwas traurig? Marie bestand darauf, der Quizmann war lustig. Die Mutter fragte, soll ich dir das glauben? Ich kenne doch meine zwei Kleinen. Seid tapfer, sonst sind eure Eltern traurig. Marie versprach es mit Wackelstimme.

Nach solchen Telefonaten waren die Schwestern still und die Tante spitz.

Die Suserwoche ging vorbei, dann kam Maries Patenonkel aus Krefeld-Hüls und holte die Kinder für ihre zweite Ferienwoche ab. Onkel Michael war etwas Mittleres bei Thyssen, aus seinen Ohren wuchsen Härchen, er hatte fünf Kinder zwischen sechs und zwanzig Jahren. Tante Vera fragte: Habt ihr es hinter euch gebracht? Barbara, Marie und Katrin sahen sich an. Erwachsene sollten anders reden. Die Suser hatten sich Mühe gemacht.

Das Hülserhaus lag neben dem Friedhof und es war laut. Tante Vera zählte weder Saftflaschen noch Nutellagläser, erlaubte viel Fernsehen, es gab auch kein Silber zum Putzen, aber sie hatte den Silberblick, so dass man nicht wusste, in welches Auge man sehen sollte. Die Hülser stritten für und gegen lange Jungenshaare, für und gegen die Armee, brüllten sich an, sie leierten das Tischgebet herunter und brüllten weiter, sprangen auf und liefen herum, dann kamen Freunde dazu und Freunde von Freunden. Alle waren ein polternder, springender Kreisel. Das große Haus, der große Garten platzten nicht aus den Nähten. Wer platzte, den nähte die Tante Vera wieder zusammen. Wenn Onkel Michael nach der Arbeit in das Getümmel kam, warf er die kleinsten Kinder in die Luft und fing sie auf, er ließ selbst Marie bei den Kleinen mit durchgehen. Dann wieder machte sie bei den Großen beim Völkerball mit. Fremde und verwandte Kinder spielten Fußball, Federball und Gummitwist, alle mussten aufs Klo, alle brauchten eine Fernsehsendung, und alle wollten dazu Saft und Studentenfutter. Nachher sprangen sie von der hohen Friedhofsmauer in den Garten. Nur Marie und Katrin saßen lange bange auf den bröckligen efeuumrankten

Steinen. Eine Freundin der Cousine nannte sie kreuzbrave kleine Langeweiler und fragte, wollen die ewig bei euch bleiben? Barbara wandte den Jiu-Jitsu-Griff an, brachte das Mädchen zu Fall, dann kamen die Brennessel-Griffe. Alle kämpften miteinander. Alle vertrugen sich. Alle schwelgten in Spielen, Streitereien, Späßen, Süßigkeiten. Alles war ein Riesen-Spektakel. Es war zu schön, um wahr zu sein.

Vaters Fantasie und Mutters Arbeit
und Mamatschis Wille

Der Vater fasste sich an den Kopf, als seine Mutter beschloss, ihren grauen Star operieren zu lassen: Du bist Jahrgang 1886! Deine Enkelinnen fädeln dir die Nadeln ein, lesen dir vor, was willst du noch? Das Leben im Krankenhaus ist kein Spaziergang! Sei realistisch!

Mamatschi sagte, das sagst ausgerechnet du, du amüsierst mich, doch sie hatte Zornesfalten auf der Stirn.

Barbara hatte ihren Krückstock weiß gestrichen, Vaters Auftrag. Mamatschi war unzufrieden: Mein Star geht Kreti und Pleti nichts an! Vater sagte, eigentlich solltest du auch noch eine Blindenarmbinde tragen. Mamatschi sagte, du willst mich vor allen Leuten blamieren.

Aber sie kam sonntags nicht mehr allein zu ihrer Kirche Sankt Matthias. Katrin und Marie mussten sie bringen und abholen. Wenn sie kamen, stand Pastor Vomweg in einer Runde gieriger Frauen, und Mamatschi stellte die Kinder immer neu vor: Hier sind meine zwei Jungfräulein. Pastor Vomweg lächelte Mamatschi an, nur sie allein, und sagte, hoffentlich schlagen die beiden nach Ihnen und werden eines Tages gute Mattheiser. Die Großmutter errötete. Marie und Katrin sahen sich an. Der Vater hatte mal gesagt, wenn Vomweg könnte, würde er die Ketzer aus der Heilig-Kreuz-Kirche verbrennen.

Der Vater blieb dabei, Mamatschi sollte nicht ins Krankenhaus gehen: Sie werden dich eine Woche behalten! Du liegst die ersten Tage fest im Bett und wirst trotzdem um sechs geweckt, nicht erst um neun! Du musst auf die Pfanne und holst dir Schwielen! Mamatschi sagte zu dem Kreuz über der Zimmertür: Das will ich nicht gehört haben.

Die beiden gingen sich nach Möglichkeit aus dem Weg, aber sie machten eiserne, eisige Kommentare übereinander.

Mamatschi hatte ihr Dasein mit Spitzesticken verbracht und nie wirklich gelebt, sie trug die Schuld daran, dass Vaters krummes Rückgrat viel zu spät behandelt worden war, so dass er lebenslänglich bucklig blieb.

Vater stand für den Niedergang einer Familie mit Tradition, er war ein Hasardeur und ein verbummelter Student gewesen, ein Spitzweg'scher armer Poet, einer aus der Journaille, heute nur Mieter, während Mamatschis Mann ein Haus besaß und einen Redakteursposten nicht nur gehabt, sondern bekleidet hatte.

Mamatschi war eine dumme Person, der Vater war längst Doktor und Beamter.

Vater sollte nachts Ruhe halten, denn Mamatschi hörte, was sich über ihr im Schlafzimmer der Eltern abspielte.

Mamatschi sollte verschwinden.

Dann wieder hieß es: Der Vater ist Mamatschis lieber Sohn, sie seine liebe Mutter.

Das alles passte nicht zusammen.

Die Großmutter durfte schon lange nicht mehr mit allen anderen am Tisch sitzen, sie bekam das Essen ins Zimmer gebracht. Das nahm sie hin.

Aber sie hatte einen Wunsch: Ich will den Kirschbaum draußen vor dem Fenster einmal ganz und gar sehen! Einmal noch will ich die Blüten, die Blätter, die einzelnen Kirschen sehen!

Sie ging ins städtische Krankenhaus, das lag nur einen Katzensprung entfernt. Dort gab es zwar keine Nonnen, aber Pastor Vomweg kam jeden Tag dort vorbei.

Die Eltern beschlossen, ihr Zimmer endlich neu tapezieren zu lassen. Am Abend, bevor die Handwerker kamen, rief der Vater die Familie zusammen. Bei Mamatschi stank es nach Urin, obwohl die Mutter schon den ganzen Tag gelüftet hatte. Der Vater zog einen Bleistift aus seiner Tasche. Er zeichnete an die Wand über dem Schrankbett, auf dem Mamatschis Radio stand, einen Geige fiedelnden Spielmann.

Marie rief, man darf nicht an Wände malen! Der Vater sagte stolz: Du siehst, ich tue es. Ich bin nur ein kleiner Pauker, aber ein heller Kopf. Ich zeichne, wie es mir beliebt!

Die Töchter lechzten. Vater rief: Alle Buntstifte auf meinem Tisch sind freigegeben!

Sie sprangen an seinen Schreibtisch. Katrin ratschte an die Wand hinter Mamatschis Sessel einen gelben Ball, aus dem Strahlen kamen. Der Vater sagte ihr, male mit Sinn und Verstand! Wenn deine Sonne tief steht, musst du rot beimischen. Das machte sie, dann zeichnete sie den Suser Dackel, er hob neben Mamatschis Büffet ein Bein und pinkelte einen feinen Strahl.

Die Mutter sagte, ich sage nichts. Aber sie malte neben den Spielmann eine Spielfrau, die Blockflöte blies. Jutta zeichnete einen Kranz aus gefiederten Achtelnoten um beide Musiker herum.

Sechs Leute, die sich tummelten. Die Wände in Mamatschis Zimmer wurden bunt. Ein Männlein stand im Wald auf einem Bein. Der hohe Turm der Heilig-Kreuz-Kirche tauchte auf, und eine der Glocken flog durch die Wolken. Neben den Pyramiden lagerte die Sphinx. Vor einer Tafel mit vielen falschen Rechnungen schüttelte Frau Hallstein ihre Fäuste, und aus ihrem Mund kam eine Sprechblase: Visitenkarten! Es gab eine Tür zum Nachbarhaus, mit Klingelzug, Briefkastenschlitz und Namensschild, Hoffmann, 2× schellen. Von allen Steckdosen aus führten spiralförmige elektrische Leitungen nach überall hin, sie waren mit Blitzen gekennzeichnet. Vater skizzierte eine Europakarte und markierte mit blauen Dreiecksfahnen bedeutende Städte, die er gesehen hatte: Trier. Köln. Wien. Mailand. Den Haag. Brüssel. Zürich. Basel. Grüne Fahnen wiesen auf andere Städte hin, die er zu sehen hoffte: Rom,

Venedig, London! Die Mutter zeichnete eine grüne gewellte Flagge weit rechts von Köln. Der Vater sagte, schlag es dir aus dem Kopf, und erklärte, was alle wussten: Die Sowjets haben uns die Welt mit Brettern zugenagelt. Eine schroffe Zickzacklinie entstand: Das ist die Grenze der freien Welt. Wir kommen nie nach Dresden. Die Mutter war als Kind einmal dort gewesen, jetzt sagte sie: Meine Flagge steht immerhin da.

Der Vater fügte unterhalb der Karte im Niemandsland eine grüne Dreiecksfahne hinzu: Vielleicht komme ich eines Tages nach Jerusalem, auch wenn ich ein falscher Jahrgang bin. Er geriet ins Grübeln. Die Töchter wussten, dass in seinem Alter viele Nazis waren. Er hatte ihnen erklärt, dass ihn sein Buckel gerettet hatte, denn die Nazis brauchten Recken, um Krieg zu führen. Sie waren kulturlos und dumm. Nur beim Morden waren sie gerissen, scharfsinnig. Der Vater sagte, Israel hat keinen Grund, unsereinen willkommen zu heißen. Die Töchter wussten, unabhängig vom Geburtsjahr galt für Deutsche, sich im Ausland gefälligst zurückzuhalten.

Jutta sah, aus dem Grübeln des Vaters drohte ein Brüten zu werden. Sie fragte ihn, wie wär's mit Athen als Reiseziel? Er lächelte, ich hätte beinahe die alten Griechen vergessen. Er zeichnete noch eine grüne Fahne nach unten weit rechts. Dann strich er sie durch: Das Problem sind die heutigen Griechen, das Militär. Er hatte jetzt genug von seiner Landkarte und mischte lieber bei den Töchtern mit.

An der Wand hinter Mamatschis Esstisch war ein gemalter Vogelbauer zu sehen, die Tür stand sperrangelweit offen, niemand saß drinnen. Um den Käfig schwirrte es von Vögeln. Vater fügte einen winzigen Ballonfahrer dazu und nannte ihn Gianozzo.

Anderntags wurde das Zimmer tapeziert. Dann shamponierte Mutter den Teppich und wusch die Gardinen. Sie polierte den Dreibein-Kessel aus Messing, den Mamatschi als Übertopf für ein Usambara-Veilchen benutzte. Sie warf den

Trockenblumenstrauß aus Silberpfennig und bleich gewordenen Lampionblumen fort, besorgte neue Trockenblumen. Und nun noch Möbelpolitur. Und nun noch frische Primeln für das Fensterbrett. Und nun noch einen größeren Topf für den Gummibaum, der trieb ein neues Blatt. Und nun noch ein Willkommensgeschenk, Stickgarn, und eine Decke mit vorgezeichnetem Muster für einen Menschen mit gesunden, scharfen Eulenaugen. Mutter war stolz auf das Zimmer, jeder durfte es merken.

Mamatschi hatte die Operation gut überstanden, sie lag fein und weiß im Krankenhaus in ihrem Bett und war zur Besuchszeit von Nachbarn umringt, wenn Mutter oder die Töchter kamen.

Einmal ging Marie alleine hin, fuhr heimlich im Fahrstuhl bis rauf in den sechsten Stock. Vom Flurfenster aus sah sie zu Hause im Hof den Kirschbaum, erkannte selbst auf die Entfernung die einzelnen dürren Zweige, die bald blühen und grünen würden. Fuhr runter zur Station drei, zu Mamatschi. Bald siehst du selbst, der Kirschbaum ist gesund und munter!

Im Zimmer der Patientinnen roch es nicht nach Urin. Doktor Dilgers Frau saß da und lobte Marie fürs Kommen. Die wusste auch allein, Kranken- und Altenbesuche waren ein gutes Werk. Selbstzufrieden stieg sie in den Aufzug, ließ sich nochmal rauf und runter tragen.

In diesen Tagen las sie den Trotzkopf, den Roman über ein wildes Mädchen, das im Pensionat ein weibliches Geschöpf und glücklich wurde. Marie verwandelte sich probeweise in den Trotzkopf und sie meinte zu verstehen, wie schön das Sittsamwerden sein konnte. Man musste sich selbst überwinden, doch gleichzeitig sollte man sich auch nie vergessen, dann war man fähig zur Ehe. Die Verlobungsgeschichte am Ende ließ sie kalt. Aber wie wurde der Wildfang zur Dame, und mochte er es tatsächlich werden? Mamatschi war einmal in einem Pensionat gewesen, aus dieser Zeit kam ihr perlenbesticktes samtenes Halsband. Marie hatte nie nachgefragt. Zu Hause war sie mit angehaltenem Atem zu ihr ins Zimmer gekommen, hatte das Essen gebracht oder ihr etwas aus der Zeitung vorgelesen und war möglichst bald verschwunden. Wie dumm, wie eingebildet, sie hatte Mamatschis Jugend versäumt! In Zukunft sollte es nicht mehr um arrogante gute Werke ihr gegenüber gehen. Eine Großmutter, die als Mädchen ein Pensionat erlebt hatte, brauchte kein überhebliches Mitleid. An den Geruch im Zimmer konnte man sich gewöhnen. Und wenn die Großmutter es zuließ, würden sie beide von jetzt an von gleich zu gleich miteinander sprechen. Man würde fragen, ob sie selbst einmal ein Trotzkopf war. Mamatschi würde sagen, dann reden wir jetzt entre nous.

Am Samstagnachmittag saß Pastor Vomweg im Krankenzimmer, also musste das Gespräch verschoben werden. Mamatschi sah in ihrem Bett flach aus. Sie wollte nach Hause, aber ein Arzt hatte gesagt, über das Wochenende behalten wir Sie noch hier.

Samstag spätnachmittags die Andachtsstunde, die einen fortzog in höhere Sphären. Man war gebannt, man war im Raumschiff Enterprise im Fernseher, bevor es nach Heilig-Kreuz ging. Mutter fand Gewalt in jeder Form vor der Kirche falsch, sie machte lieber einen Sprung ins Krankenhaus. Vater erklärte seinen Töchtern etwas über Kämpfe zwischen Großmächten: Hier Erdenmenschen, sie bringen Frieden und Freiheit ins Universum, dort die Klingonen, die Sowjets. Jutta fand sich zu erwachsen für die Sendung, sie bastelte Schmuck aus Silberdraht und sah nur mit halbem Auge zu. Sie sagte, von mir aus könnt ihr drei Kleinen die Hauptrollen haben. Barbara wurde Captain Kirk. Der Trotzkopf wurde im Nu zu dem kühlen Logiker Mr. Spock, und Katrin war Doktor McCoy, Doktor Pille. Sie beamten sich auf einen fremden Planeten, stapften durch Krater und Ruinen, Pille geriet in Gefahr. Der Vater sagte, billige Kulissen, alles Pappmaché. Die Töchter zischten, pst!

Die Sendung ging dem Ende zu, doch Mutter tauchte nicht auf. Vater und Töchter standen schon in Jacken vor dem Fernseher, die Gebetbücher in der Hand, und endlich eilten Spock und Kirk dem verzweifelten Pille mit ihren Phaserwaffen zu Hilfe. Vater schickte Jutta zum Krankenhaus, sie sollte Mutter von Mamatschi loseisen, wir müssen zur Kirche! Kirk und Spock befreiten Pille, aber dann wurden alle drei von Außerirdischen verfolgt. Wir müssen uns aufs Raumschiff beamen lassen, sonst sind wir verloren!

Jutta kam allein zurück. Der Vater sah sie an und stellte die Sendung ab. Jutta sagte, Mamatschi ist tot. Die Kinder weinten.

Vater ging mit ihnen ins Krankenhaus. Sie standen an Mamatschis Bett. Sie beteten. Das Fenster stand weit offen.

Die Mutter sagte: Ich habe sie gedrängt, den Flur mit mir auf und ab zu gehen. Du musst laufen üben, damit du zu Hause die Treppe schaffst. Du willst am Montag deinen Kirschbaum wiedersehen! Mamatschi mochte nicht, aber sie ging dann Arm in Arm mit mir. Im Zimmer hat sie sich aufs Bett gesetzt. Dann ist sie ausgelaufen, fiel zurück und atmete nicht mehr.

Mamatschi sah unanrührbar aus.

Die Mutter beugte sich zu ihr, küsste sie auf die Stirn und sagte: Mamatschilein. Gehe in Frieden.

Pastor Vomweg kam und sprach mit allen. Alle beteten noch einmal.

Der Vater nahm Mamatschis Brille aus der Nachttischschublade und steckte sie in seine Hemdentasche. Die Mutter leerte Spind und Nachttisch.

Mamatschis Reisetasche. Der Mantel, das Halstuch, der Hut. Das schwarze Knisterkleid, die Unterwäsche, Strümpfe, Schuhe, Pantoffeln, ihr Bademantel. Das Necessaire. Das goldene Gliederarmband und das braune Halsbändchen aus Samt mit den fünf aufgestickten Perlen. Der Wecker. Die schwarze Handtasche. Die Bibel. Erfrischungstücher, Rachengold-Bonbons.

Drei Tage später wurde die Großmutter auf Vaters Wunsch im kleinsten Kreis beerdigt. Sechs Leute, Pastor Vomweg. Er gab Marie das hölzerne Grabkreuz: Du trägst es hinter dem Sarg her und hältst es schön hoch.

Nach dem Begräbnis saßen Eltern und Kinder zu Hause, beschrifteten Briefumschläge. Jutta fiel ein: Bei Mamatschi hießen Umschläge Kuverts. Und Oma Grete sagte Konfitüre statt Marmelade.

Die beiden Jüngsten konnten sich nicht mehr an Großmutters Schwester Grete erinnern, die war gestorben, als sie noch sehr klein waren.

Jutta sagte: Jetzt sind die beiden bei Gott.

Barbara sagte: Mamatschis Papatschi ist auch da.

Marie sah ihren Vater an: Du bist jetzt eine Waise.

Katrin sagte ihm: Du verschmierst die Adresse!

Ihm war ein Tropfen aufs Papier gefallen. Er sagte, aus der Nase. Katrin gab ihm ihr Taschentuch. Er putzte die Nase.

Mutter legte ihre Hand auf seine Hand: Nicht jeder geht mit seinen Gefühlen hausieren.

Die Traueranzeigen gingen nach Köln und Limburg, Krefeld, Wuppertal und eine nach Amerika zu Mamatschis jüngster Schwester Lisa.

Die Anzeigen teilten mit: Wir haben sie verloren. Und: Wir haben sie beerdigt. Und: Wir feierten am gleichen Tag die Messe zu ihrem Gedenken.

Doch das Verlieren und Begraben eines Menschen passten nicht zusammen.

In der Danksagung acht Wochen später, Mai '73, hieß es nach den einleitenden Floskeln: *Der Wille der Verstorbenen und ihre eigene Erwartung vom Leben waren noch so stark, dass sie sich im Krankenhaus einer Star-Operation unterzog. Das Augenlicht war ihr wiedergegeben. Sie hat ihren Tod nicht nahen gefühlt; sie tat nur einen letzten Atemzug. Gnädiger kann der Tod nicht sein.*

Kadenz

Im Herbst war Marie grau geworden und ging wieder los. Aber das ist das Eigenartige an Wegen, ob man dorthin kommt, wohin man wollte, oder ganz woandershin, und ob man abweicht oder umkehrt, ob man ins Irgendwo kommt oder ins Nirgendwo, man ist unterwegs.

Sie traf Leute, die sie mitnahmen. Fast alle Frauen strickten im Gehen an langen Schals, auch sie bekam Nadeln und Wolle. Ihre Nachbarin trug einen Poncho und sagte: Indianer fliegen in ihren Ponchos, man kann es lernen, es ist eine Frage des Willens.

Marie staunte über all die Nadeln, mit denen die Nachbarin klapperte, es mussten Dutzende sein.

Die Ponchofrau hob eine Augenbraue: Besser du strickst, als Lügengeschichten zu schreiben. Du bist auf jeden Fall ein lausiger Historiker. Willst du mir weismachen, dass man Erinnerungen trauen kann? Marie versuchte, eine verlorene Masche in ihrem Strickzeug zu finden. Die Ponchofrau riet: Besser du fliegst als zu lügen. Ihr Umhang wehte und riss sie fast fort, obwohl es doch windstill war.

Jemand überholte sie. Die Wandergrete rief, Menschen sind keine Vögel!

Am Wegrand winkte der Hausierer, er schloss sich der Gruppe an. Immer mehr Leute kamen dazu, darunter ein Spielmann, ein Bäcker, ein Ackerbauer und ein Viehhirt.

Regen fiel. Landregen, sagte die Ponchofrau, doch mittlerweile ging es durch ein stillgelegtes Industriegebiet, durch eine Ödnis. Felder und Äcker folgten. Mehrere Frauen waren zu Kühen geworden, sie schnoben, glubschten und grasten. Der Viehhirt sah sie zufrieden an, der Ackerbauer hob die

Fäuste. Im Regen ohne Fliegen schien es allen Kühen leicht zumute zu sein. Sie pendelten mit den Schwänzen aus reiner Lust, mit den Schwänzen zu pendeln.

Die Wandergrete nahm sich von den Bindfäden, die es vom Himmel regnete, und strickte damit weiter.

Eine Frau bot Marie Mandeln an und fragte sie: Wie viele Engel Gottes passen auf eine Stricknadelspitze? Weißt du, wieviel Sternlein stehen an dem blauen Himmelszelt? Wo hat die Seele einer Fliege ihre Heimstatt, in den Flügeln, in den Beinen, im Kopf, im Leib? Ein Tal voll, eine Hand voll, am End' keine Hand voll, was ist das? Was brauchst du, um grünes Gras in weiße Milch zu verwandeln? Wann bist du zum ersten Mal geboren und gestorben?

Marie fiel keine Antwort ein. Die Mandelfrau erklärte, du brauchst eine Kuh, um Gras in Milch zu verwandeln. Aber sie ist nicht heilig. Der Viehhirt nickte, wem sagst du das.

*

Alles war so, wie es nun einmal war, doch die Mandelfrau konnte sich nicht in die Umstände fügen. Sie forderte rasend, Tutanchamun! Die anderen durchsuchten hastig ihr Gepäck und fanden nichts als Plunder. Aber dann griff sich die Mandelfrau aus all dem Zeug eine Packung Lexotanil heraus, streichelte sie und begrub sie und wurde ruhig.

Der Bäcker sagte, manche Leute bringen die Ordnung vorsätzlich durcheinander. Er sah Marie vorwurfsvoll an. Der Ackerbauer klopfte ihm auf die Schulter: Wo sind deine Ohren? Du hörst doch auch, wenn im Ofen dein Brot ruft, hol mich heraus!

Der Bäcker sagte, Brot ist Brot. Arzneien und Pharaonen kann man nicht miteinander vergleichen.

Der Spielmann gab ihm ein Hörrohr und riet: Horche auf die Betonungen, zähle die Silben!

Der Bäcker höhnte: Wähle die Wilden! Er ließ das Ding derart verächtlich fallen, dass es nicht einmal auf der Erde landete, sondern noch unterwegs im Fall verblasste und sich auflöste.

*

Ein großer Tag brach an, als sich zu diesem Zug ein Vater und eine Mutter gesellten. Denn Eltern, sagte der Spielmann, hat jeder, selbst Fliegen und Seelen haben sie. Doch niemand wusste, ob der Vater einen Ackerbauern zeugte oder einen Viehhirten oder auch beide. Ebenso unklar war es, wie viele Söhne und Töchter die Mutter geboren hatte. Einerlei, es waren Eltern da und allen war zumute, als wären sie schon immer mit dabei gewesen.

Die Mutter wandte sich an niemanden direkt, doch alle hörten ihre übergroßen Selbstvorwürfe. Die Wandergrete beschwichtigte: Es gab ein gutes Ende der Wassergeschichte. Da fragte die Mutter, soll ich das glauben? Der Viehhirt warf den Selbstvorwürfen ein paar Worte zu, da wurden sie schmächtig und trieben im Wind davon. Die Mutter konnte jetzt in Frieden weiterstricken, aber ihr Schal hatte wohl etwas von den Worten abbekommen, er war löchrig wie eine Kinderarbeit.

Der Vater ritt eins seiner vielen Steckenpferde und rief Hü. Jemand rief Hysterie zurück, und einige Leute warfen auf den Smartphones ihre Suchmaschinen an. Sie hatten aus der eigenen Geschichte viel verloren und wussten oft nicht einmal Namen für das, was sie suchten. Der Bäcker spottete, geht doch nach früher! Aber nach dorthin gab es keinen Weg. Möglich und üblich war es nur, in eigene alte Rollen zurückzufallen. Der Ackerbauer hatte einen seiner

Wutanfälle, doch alle anderen waren mit sich selbst beschäftigt. Ein Indianer übte das Fliegen. Der Spielmann sang von Hyazinth, dem Grafen. Da war der Vater ganz in seinem Element, er galoppierte hochgemut in Kreisen um die Gruppe, bis er in den Sumpf fiel. Schnell zog er sich am eigenen Zopf wieder heraus, sich und ein Steckenpferd, das Rosinante oder Achmed hieß. Es wieherte.

Die Mandelfrau gab ihm Mandeln zu fressen. Das fand die Ponchofrau falsch: Die Pferde sollen sich wie Heuschrecken an die Heuhaufen halten! Grillen, sagte die Mutter, die von Haus aus ein Heimchen gewesen war. Sie erklärte, Pferde vertragen Mandeln, süßen Hausfreund und trocken Brot, und ihr Fleisch ist am Ende nicht schlechter als das von Kuh oder Schwein.

Ein Rossschlachter nickte: In der schlechten Zeit aßen wir sogar Unkraut.

Der Vater sagte in die Luft: Maries Geschichten waren früher so bekömmlich wie ein Gierschgericht. Wenn sie so weitermacht wie heute, schreibt sie demnächst nur noch Zimt und Zucker. Will sie als milde Greisin enden? Man muss die Sphinx fragen, was sie zum Wachsen, Reifen, zum Vergehen und Verdummen sagte. Menschen können Rindviecher und Schweine werden. Im Nachkrieg wollte man mir einmal einen Dachhasen als Ferkel andrehen!

Die Ponchofrau sagte, auf den Dächern sind doch keine Hasen, sondern Hähne. Falsch, sagte die Wandergrete, Hähne krähen auf dem Mist und auf den Dächern tigern Katzen! Die Ponchofrau fragte den Vater schaudernd, hast du seinerzeit Katze gegessen? Er zuckte die Schultern: Es war einerlei, ob sich die Katze Hase nannte oder Fuchs. Die Mutter sagte: Niemand kann sich heutzutage etwas unterm Gestern vorstellen. Doch morgen ist ein neuer Tag!

Ein Heuschreck sprang vorbei und rief, besser heute als morgen! Da jubelten alle. Nur der Hausierer dachte an die vollendete Zukunft: Es wird einmal gewesen sein. Aber er sagte es nicht.

*

Dann und wann machten die Leute Pause, für einen Tag oder auch für ein Jahr. Während einer dieser Pausen waren sie auf einem Markt in Oldendorf oder in Niewedorp, es hätte auch einer in Shanghai sein können. Doch der Mann neben Marie erklärte, man soll die Orte und Kontinente nicht durcheinanderwerfen, so wenig wie die Wörter. Das Chinesentum darf nicht an Jesum Christum denken lassen! Das Abendrot ist nicht die Atemnot und der Scharlach kein Schwachlach!

Auf dem Markt wurde ein Lamm am Spieß gebraten, die Touristen machten Selfies. Der Mann sprach in die Luft: Wer China versteht, versteht eintausend Millionen Chinesen. Da schrie das Lamm am Spieß. Die Mandelfrau sagte dem Chinamann: Je frommer der Christ, desto größer das Kreuz. Da stieg das Lamm zum Himmel auf, da begann auf dem Markt ein Tanz, da schwebten Schals in der Luft. Eine Händlerin packte hastig all ihre Waren in Körbe, sie hatte das feurige Pferd gesehen, den wilden Reiter.

Der Bäcker aber blühte auf und wurde rosig, baute einen Stand auf, rief: Billige Seelen und Rosinenkerle!

Überraschend brach ein Haus zusammen. Schlangen fielen vom Himmel, aber niemand zeigte Anteilnahme oder Furcht. Der Bäcker trug drei Körbe mit Schwarzbrot, um sie dem Präsidenten zu bringen. Doch die Krähen fraßen es ihm fort und er wurde erhängt und die Vögel fraßen sein Fleisch. Anschließend hockten sie beisammen, eine Krähe wusch die andere.

Der Vater sagte, der Bäcker wollte dem Pharao Weißbrot bringen! Der Chinamann fügte hinzu, man muss unterscheiden: Spricht man von Betablockern oder Ghettoblastern?

Die Krähen kreischten durcheinander: Der Geist hilft unsrer Schwachheit auf! Verreist ist unser Schwanzlurch auch! Der Geist frisst unser Schwarzbrot auf!

Die Mandelfrau zeigte den Krähen einen Vogel, es war eine Amsel, die sich auf ihrem ausgestreckten Finger festkrallte. Währenddessen trieben andere Strickerinnen Schwarzhandel mit ihren Schals, die sich herumgesprochen hatten. Halblaut sprachen die Schals, sie raunten von der Seele in der Fliege und vom Leben, das ein Nebel ist. Sie hatten alles mitgehört, was unterwegs geredet worden war und strickten nun selbst ihre krausen Philosophien weiter, eine Masche links und eine rechts und wenden.

Der Chinamann versuchte, seinen Schal zu schnappen und rief ihm zu: Nebel trübt die Luft, das Leben aber wird getrübt oder erhellt! Der Mann hinterm Eierstand widersprach, das Leben selbst betrübt oder erhellt uns!

Die Krähen höhnten: Eierschnee! Badeschaum! Sie flatterten in Wolken um ihn her, die Mutter wollte ihm helfen und schlug mit dem Schal nach den Vögeln, es war auf dem Markt ein großer Tumult.

*

Die Gruppe, müde geworden von den vielen neuen Eindrücken, kehrte in eine Wirtschaft ein. Sie hieß Zum goldenen Hirschen oder Zum wilden Mann. Beißender Rauch im Gastraum, die Zimmerdecke gelbbraun verfärbt. Auf Holztischen lagen Tischkleds, daraus schloss die Mutter, wir sind in Holland. Aber die Wirtschaft hieß Zum schwarzen Ferkel.

Es waren viele weiße Ferkel, die zwischen den Tischen und Bänken lagen, weiß wie Schnee, obwohl doch draußen Herbst war.

Auf den Tischen standen Karaffen mit Smoothies und Kannen voll Wein. Die Wirtin brachte den Leuten Brezeln und Seelen. Jemand versuchte vergeblich, ein Fenster zu öffnen. Man verstand kaum die eigenen Wörter im Johlen und Schreien in diesem Raum auf der Erde im Universum. Man blinzelte, zuckte die Schultern. Im Winkel saß ein zweiter Spielmann reglos wie ein Heiliger aus Holz, ein Ferkel wärmte seine Füße. Der Chinamann tunkte eine der Seelen in Wein und fütterte mit den Brocken andere Ferkel. Die Mandelfrau rief bitter: Wie soll die Seele in der Fliege wieder auferstehen, wenn du sie zerreißt! Die Seele muss beisammenbleiben!

Der Filzvorhang der Wirtshaustür wurde geöffnet, ein Pater tauchte auf und mit ihm der auferstandene Bäcker. Er sang vom Bund der rebellierenden Studenten, aber keiner von den jungen Leuten, die hier chillten, befühlte ehrfürchtig die Narben, die er zeigte.

Unter ihnen ging eine muntere, grüne Raupe von Hand zu Hand, ein Tier, das sie noch nie gesehen hatte. Es ringelte sich, es kringelte sich, es schlug einen Salto. Die jungen Leute riefen beim Naturschutz an, doch die Verbindung brach ab.

Ein Kind huschte herein und bettelte, da rief der Wirt, die Zugbrücke über das Mittelmeer ist hochgezogen. Raus aus Europa, oder Polizei und Findelhaus! Der Junge wollte flüchten, da sprang der zweite Spielmann zu ihm und fragte nach seinem Besitzer. Die Wirtin wandte sich an die Gäste: Ein syrischer Trickdieb! Der Rossschlachter rief, die Rumänen haben ihm seine Knochen zerbrochen, um Mitleid zu schinden! Unsinn, sagte der zweite Spielmann, der Junge ist kerngesund. Er soll mir Gesellschaft leisten auf meinen beschwerlichen Wegen. Eine Frau in Leder rief, du willst seine Nieren! Der zweite Spielmann erklärte, nur seine Augen. Ich habe den grauen Star. Der Junge soll mich führen, und er wird die ganze Welt sehen. Da hüpfte der graue Star aus den Augen des zweiten Spielmanns heraus, schritt schnalzend und schmatzend über den Tisch. Da wurde der Junge ein Rosenstar und der zweite Spielmann ein gelber Pirol, ein Fenster flog auf, drei Vögel schwirrten ins Freie.

Der Dielenboden wölbte sich und platzte hier und da. An allen Tischen wurde jetzt gewürfelt, das Spiel hieß Kuhschwanz. Der Vater sagte, Kühe haben nicht viel im Kopf, selbst wenn sie im Stall eines Kurfürsten stehen. Besser, ihr denkt an Reiter hoch zu Ross.

Der Rossschlachter schwärmte: Ritterburgen! Römische Ruhmestaten! Manche Leute werden schon von klein auf gefüttert mit dem Besten, was Eltern geben können!

Einige Söhne und Töchter nickten und klatschten. Anschließend waren alle halblaut oder lautstark heiter. Nur die Lederfrau ging unruhig von Tisch zu Tisch, ließ eine Kette aus Handschellen schwingen, man sollte sie kaufen. Erinnerungen an die Zeit, als sie und ihresgleichen Waffengeschäfte verhindern wollten und sich an Bahngleise fesselten. Doch niemand wollte ihre Reliquien haben.

Der Pater rauchte Meerschaumpfeife. Die Ponchofrau drehte sich einen Joint, dick wie ein Ofenrohr. Ein Ferkel fraß einen Würfel.

*

Es stimmt, im nächsten oder übernächsten Herbst stieß auch der Feuerfreund eines Tages zur Gruppe. Die Rede von ihm ging schwer, sie war belastet mit Erinnerungen. Sie stützte sich auf eine Krücke, schwankte mal in die eine, dann in die andere Richtung. Schließlich saß sie krumm im grünen Gras.

Der Feuerfreund ist ein Wahrsager, riefen einige Leute. Andere riefen, im Gegenteil, er ist ein Falschredner! Jemand verbarg sein Gesicht.

Der Feuerfreund schwieg wie die Rede von ihm, sie hieß Fräulein Fritz. Denn sie, so schwer und krumm sie heute war, war anfangs doch ein Gliedermann gewesen, eine

Marionette. Damals hatten ihre Füße jeden festen Boden nur gestreift.

Angesichts der krummen Rede wurde der erste Spielmann elegisch: Wir werden alt, was wird wohl von uns bleiben? Wir sind ein dürftiges, weiches Gewebe. Richtig, sagte der Eiermann, das biologische Trägermaterial ist reizbar und welkt, aber es bleiben unsere Bits und Bytes. Alles klar? Alles gut!

Die Wandergrete schlug ihm ein blaues Auge und riet ihm: Lauf zum Arzt und lass dir einen Reiz gegen den anderen verpassen, dann hebt sich beides gegenseitig auf!

Der erste Spielmann brütete: Wir alle haben unsere Schulden nicht bezahlt. Die Mandelfrau rief, sprich besser von Verantwortung! Da fing er an, zittrig zu singen. Es ging in ein verstopftes Schreien über.

Die Leute behielten den Vorfall für sich, als sie weiterzogen. Der Rossschlachter vermisste seinen Hut. Der Bäcker suchte Bucheckern. Die Mandelfrau haschte nach einem Schmetterling und vertrat sich den Fuß. Der Pater fragte, sind wir bald da?

Der Hausierer dachte: Jeder, der hier auftaucht, meint, er sei der Erste, Letzte, Einzige, obwohl er doch Teil einer Reihe ist, die aus dem Nebel kommt und sich nach dorthin fortsetzt. Aber er sagte es nicht.

*

Die Gruppe zog durch eine Wildnis. Sie schlug sich an einem übelriechenden, schaumigen Fluss entlang, bergauf, ohne tatsächlich fortzukommen. Felsen, umgestürzte Bäume, Dornensträucher und Ranken erschwerten den Weg. Was war im Landesinneren? Ein wenig Elfenbein kam heraus und seltene Erden, die alle brauchten wie das liebe Brot. Einige Leute riefen, weh uns, wir müssen umkehren! Andere ballten die

Fäuste: Ochs und Esel halten unsern Lauf nicht auf, nur immer vorwärts! Ein Dachdecker stürzte. Dem Vater fiel der Hut vom spitzen Kopf. Und an den Küsten, hieß es, steigt die Flut, aber es waren nur Enten, die zwitschern konnten. Sie schienen wirklicher als die Erde zu sein. Man wusste nicht, steigt die Flut oder steigen die Enten? Jemand sprach von Wetterhysterie und in der Luft hallte Geschrei, es waren die Warnrufe eines grauen Stars, eines Rosenstars und eines gelben Pirols. Rosenstar und Pirol wurden vor den Augen der Leute wieder zum zweiten Spielmann und zu einem kleinen Jungen. Eine Katze saß neben ihnen und löste sich langsam auf. Die Leute konnten durch die dichten Laubkronen nicht sehen, wie ein allwissender Erzähler bleich und stumm aus allen Wolken fiel. Er krachte endlich durch die Bäume und folgte der Gruppe humpelnd.

*

In einem der gezählten und zahllosen Herbste stießen zwei Herren mit Namen Taler und Maler zur Gruppe. Sie fragten die Lederfrau, was macht Ihr Vater beruflich? Sie knurrte, er sieht die Radieschen von unten her an.

Seitdem sie ihre Haare nicht mehr rot färbte, war sie so grau wie andere ihres Alters. Einige von diesen Leuten hatten neue Knie oder Hüften. Der eine besaß keine Prostata, die andere keine Gebärmutter mehr. Vielen fehlten ihre Weisheitszähne.

Alle Kinderfreuden, alle Kinderschmerzen hatten ausgeschlagen und sie waren nun verwachsen, ausgewachsen oder zugewachsen. Die Lederfrau trug einen Stent fürs Herz.

Taler fragte, war Ihr Vater nicht Frühstücksdirektor im Eisenwalzwerk? Dann haben Sie reichlich geerbt, vermutete Maler. Der Eiermann winkte ab: Wer kann auf der Jagd noch Ballast aus der Gründerzeit brauchen.

Der Syrerjunge sang vom Abendland, das immer dunkler und ein Nachtland wurde, während alle Morgenländer pfeifend aufstanden. Doch der Gesang ging in ein Heulen über, weil er Anderes erfahren hatte, und nichts Gutes. Der Bäcker schlug das Kind mit einem Spaten auf den Kopf, damit das Heulen aufhörte. Die Ponchofrau versorgte die Wunde. Der Junge lächelte. Doch es klappte nicht mehr mit seinem Schädel, in dem eine kleine Feder zerbrochen war, wann immer das auch geschehen war.

Ein fahler falscher Mond beleuchtete die Szenerie nur schwach. Taler zündete eine Laterne an und rief beschwörend, Aufklärung tut not! Doch Maler stellte Talers Licht unter den Scheffel und alles war wieder zappenduster.

✳

Eine Frau, die schon bessere Tage gesehen hatten, verbiss sich in ihnen. Die Tage wehrten sich, kreischten und flatterten. Der erste Spielmann wollte die Frau beruhigen, blies das Posthorn, stellte einen Ghettoblaster auf und an. Und da erklang alter Gesang: No Woman, No Cry. Sofort ließ die Frau ihre besseren Tage los, die stürzten sich in den Fluss und trieben davon. Da ging die Frau ihnen nach und verschwand in den Wellen.

Die Gruppe sprach über die schnelllebige Jetztzeit. Der Vater ging die Wände hoch, um diese Zeit zu packen, doch vergeblich. Da fuhr er aus der Haut.

Die Wandergrete hatte inzwischen auch Sehnsucht nach ihren besseren Tagen und ging los, um sie im Fluss zu suchen. Der Vater, wieder eingenäht in seine Haut, herrschte sie an, bleib stehen! Als sie reglos dastand, durchbohrte er sie mit Blicken, bis sie durchlöchert war. Er rief, du bist durchschaut!

Die Mutter tadelte ihn, du hältst dich wohl für einen Fürsten, aber in Wirklichkeit bist du auch bloß ein kranker Vogel.

Er unterbrach sie schnell: Diese alberne Wirklichkeit interessiert mich nicht. Dann schnappte er nach ihr und spuckte einen Fetzen aus: Papiertiger.

Doch die Mutter hatte den Leib eines Löwen, nur ihr Gesicht war das eines Menschen. Sie fauchte und schlug mit dem Schwanz. Da fiel er auf die Knie und bat sie inständig, geh nicht fort, du darfst mich auch essen!

Jemand weinte bitterlich. Der Chinamann hatte genug von all dem. Er ging zur Wandergrete, sah ihr gebrochenes Herz und wollte es zusammenkleben, doch das misslang. Die Gruppe scherte sich nicht um diesen befremdlichen Zustand, denn jederzeit konnte es noch ganz anders kommen.

Der Hausierer dachte: Möglicherweise wird immer alles normal, sodass es keinem weiter auffällt. Pflanzen verschwinden. Menschen verwandeln sich in Tiere, Brüder werden erschlagen. Alles kann so selbstverständlich werden wie das Selbst und das Verstehen.

Doch die Bedeutung der beiden Wörter wehte aus seinem Kopf und deshalb sagte er nichts.

Inhalt

Bibliografische Information der Deutschen Nationalbibliothek
Die Deutsche Nationalbibliothek verzeichnet diese
Publikation in der Deutschen Nationalbibliografie;
detaillierte bibliografische Daten sind im Internet über
http://dnb.d-nb.de abrufbar.